2014《상주문학》 제26집 출판기념회

박정우 회장의 인사말씀

故 이상달 시인의 가족들

故 이상달 시인의 유고시집 봉정

2014《상주문학》제26집 출판기념회

우리 회원들과 함께

곽홍란 시인의 시낭송

출판기념회를 마치며

문학헌장

문학은 인간이 창조한 가장 심원한 예술이며, 인간의 갈망을 실현시키는 이상이다.

문학은 인간의 이성과 감성이 빚어낸 예지의 결정이며, 순연한 영혼이 서식하는 진실의 집합체이다.

문학은 인간 구원과 사회 정화의 길잡이이며, 영혼을 깨우치는 스승이다.

돌아보면 문학의 향기는 반만년, 내다보면 문학의 길은 천리 만리 영원하다.

예술에 대한 문학적 사색과 끊임없는 언어의 탁마로써 문자예술의 지평을 확대 심화시키는 일이 문인의 사명이다.

한국문인협회는 오늘의 한국문학을 점검, 반성하면서 시대와 함께하는 한국문학의 정체성을 표방하기 위해 '문학헌장'을 제정, 이를 문학운동으로 전개할 것을 다짐하며 다음과 같이 선언한다.

첫째, 문학은 인간의 삶에 기여하는 예술이다. 우리는 이 숭고한 정신에 동참한다.

둘째, 문학은 당대의 세계와 끊임없이 소통한다. 우리는 이 소통이 시대와의 호응 속에 이루어지고, 그것이 긍정적인 변화로 실현되는 창작활동을 지향한다.

셋째, 문학이 진실탐구의 예술임을 재인식하고, 이를 작품으로 형상화하여 독자들이 향수하게 한다.

넷째, 문학을 통한 인류의 평화, 자유, 행복에 기여한다.

다섯째, 전통의 수용 위에 변화를 모색하고, 한국의 정체성을 구현하며, 한국문학의 발전과 세계화에 이바지한다.

2008년 10월 31일

사단법인 한국문인협회

상주 예술 문화의 전당

한국예총상주지회 임원

지 회 장 정운석
부지회장 박정우 정수정 오영일
감　　사 박수현 송옥경
사무국장 민경호

한국문인협회상주지부
지 부 장 박정우 **부지부장** 이승진 신동한 이미령
사무국장 김다솜

한국미술협회상주지부
지 부 장 윤대영 **부지부장** 정상득 고창호
사무국장 김명희

한국음악협회상주지부
지 부 장 문종원 **부지부장** 이성원 황윤자
사무국장 정동식

한국국악협회상주지부
지 부 장 송옥경 **부지부장** 박중섭 류승돌
사무국장 김지연

한국연극협회상주지부
지 부 장 윤현주 **부지부장** 임창용 황창연
사무국장 박근일

한국사진작가협회상주지부
지 부 장 이창희 **부지부장** 우남수
사무국장 여정운

한국무용협회상주지부
지 부 장 정수정 **부지부장** 이창선
사무국장 정원희

금빛 박재삼 시인과 함께

박재삼 문학관 앞에서

이원수 시인과 함께

이원수 문학관 앞에서

겨울 나무를 보며(박재삼 문학관에서)

제6회 벚꽃 시화전

花花花! 好好好! 詩와 함께 즐거움을!
제6회 상주문협 벚꽃 시화전
기간 : 꽃 필때부터 ~ 꽃 질때까지

花花花! 好好好!
詩와 함께 즐거움을!
벚꽃
시화전
꽃이
필때부터
꽃이
질때까지
한국문인협회 상주지부

중덕지에서

한글백일장 시낭송을 기념하며

〈경사스런 일들〉

민병덕 시인 세계문학상 본상 수상

김다솜 등단기념패 전달

2015 상주문협 문학의 현장

〈박정우 시인의 동시집 출판기념회〉

〈정복태 소설가의 소설집 출판기념회〉

2015 낙강시제 문학페스티벌

박정우 회장의 인사말

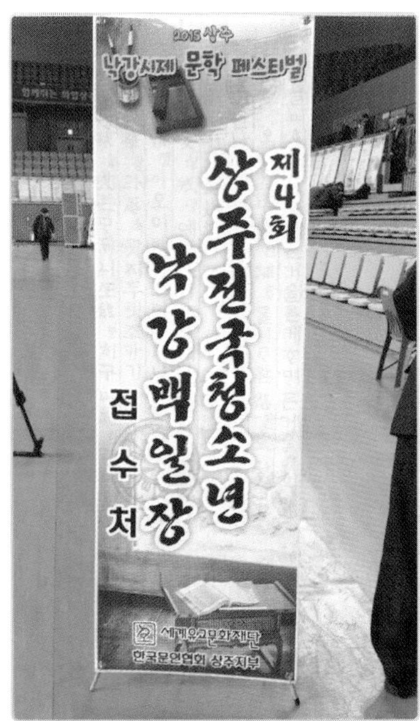

제4회 낙강백일장 개최

김재수 시인의 시낭송

낙강백일장 시제

김차순 시인의 시낭송

강희근 님의 문학 강연

회원 신간 작품집

한 인간의 노래

김연복 한·영시선집

값 20,000원 | 도서출판 그루

김 시인의 시는 사라져 간 어린 시절의 그리운 존재들과 그 세계의 상실을 인정하면서도 그 존재들을 다시 투명하게 그려 내어 그 모두가 회억의 안개를 뚫고 우리 앞에 서게 했지만, 최근에는 좀 더 큰 범주의 사회적, 역사적, 정치적인 현실 세계와 맞서고 있는 마운틴 보이 상을 보여 주기도 한다.

- '레빈 교수의 발문' 에서

김재수 동시선집

김재수 지음

값 18,000원 | 지식을만드는지식

1908년부터 1990년대까지 한국아동문학사를 빛낸 시인 111명의 대표작을 가려 뽑아 그 동안 없었던, 그리고 앞으로도 한동안 없을 한국 동시사의 유일한 증언으로 〈한국동시문학선집〉에 선정된 시인의 시를 '지식을만드는지식' 에서 펴냈다.

강물이 흘러가는 곳

정복태 소설집

값 15,000원 | 시선사

정 선생은 넉넉하고 기름진 갯밭을 지녔다. 갯밭은 보드라운 모래가 쌓여서 된 밭으로 농작물의 생장이 잘되는 비옥한 땅이다. 일정 때 사범학교를 나오신 춘부장의 강인한 사고와 근면한 생활철학과 불심이 도타우신 자당의 자애가 가득한 갯밭. 신간 서적을 한 아름씩 구입해서 지적 자양분을 뿌려놓은 갯밭. 술로서 풀어낸 인생의 극명한 의식이 쌓인 갯밭. 박인환의 '세월이 가면' 을 부를 때 이는 슬픈 감성이 스민 갯밭……. 이제 그 곳의 건강하고 순박한 토양에서 영양분이 풍부한 작물을 키워내고 길러낼 것이다. 소설이 아닌 대설로서 진솔하면서도 감동적인 인간의 이야기를 들려줄 것이다. 유유히 흐르는 낙동강처럼 길면서도 깊은 유장한 이야기를.

- '박찬선의 발문' 중에서

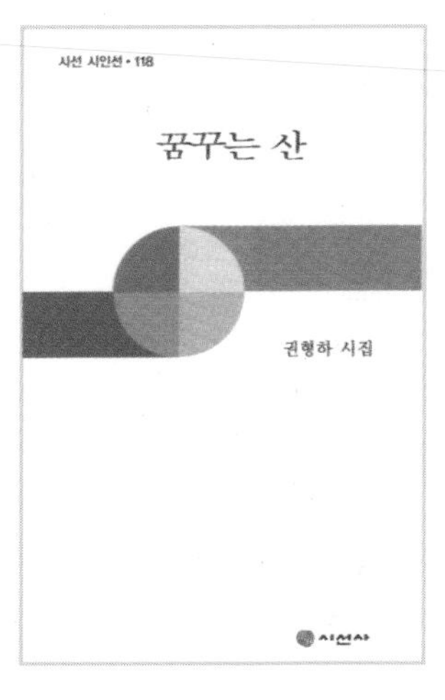

꿈꾸는 산

권형하 시집

값 9,000원 | 시선사

시를 쓰는 일이 나를 일깨우는 일이라면, 시집을 발간하는 일은 삶을 반추하는 일쯤 되리라. 이제 네 번째 시집을 엮어내는데 오래 머뭇거렸다. 시업(詩業)이 영성(零星)하여 되짚어 보는 작품마다 빈축(嚬蹙)을 사기 좋을 만하다. 허나 어쩌랴. 되돌아보면 그러한 시들이 나를 이만큼 건재하게 했으니 또한 기쁘다. 부족한대로 엮어 내는 것만큼 기쁜 일이 또 있으랴.

- 지은이의 '시인의 말' 전문

사계절의 합창

박정우 동시집

값 11,000원 | 아동문예

시인의 동시집 『사계절의 합창』은 봄, 여름, 가을, 겨울의 네 꾸러미로 나누고, 그 꾸러미 안에 계절과 관계되는 작품으로 차곡차곡 채웠다. 이러한 동시집을 기획한 까닭은 박 시인의 심성에 자연이 깊이 자리하고 있기 때문이다. 아울러 시인의 작품들은 대부분 자연을 노래하고, 그 자연을 터전으로 살아가는 인간의 근본적인 삶의 태도를 아주 섬세하게 노래하고 있다는 점이다. - '김재수의 발문' 중에서

문

이미령 시집

값 8,000원 | 시와 에세이

시인의 시편에는 이웃과 가족에 대한 사랑과 성실히 살아가려는 따뜻한 무욕의 심성이 가득하다. 말 못하는 수덕 씨에게 "글 을 가르" 치고, 커피를 "두 손으로 바" 쳐 드리는 마음이나 젊은 나이에 혼자되어 국밥장사로 딸 셋을 키워낸 할매를 보는 눈길이 다 그러하다. 이것은 어린 시절 가난을 경험했던 시인이 그 나름으로 채득한 세계와 인간에 대한 이해와 연민의 시선일 것이다. 또 '내 눈 속으로 내리는 눈' 에서 나무와 눈이 서로 교감하고 나무 또한 '수행 중' 이라고 보는 것에서 시인의 삶의 자세가 느껴지기도 한다. 이미령 시인이 시의 집을 짓는 일로 손마디가 더 굵어지기 바란다.

- '조재학 시인의 말' 중에서

시장의 노래

故 이상달 시인 유고시집

시인은 보름장이 서는 날을 기다리는 부지런한 말봉댁이었다. 고사리, 시금치를 비롯한 온갖 시의 소재들을 모아가며 시의 손님, 시의 한 수를 기다리는 수험생이었을 것이다. 말봉댁의 장사가 잘되기를 빌듯 삶을 가꾸는 그의 시 작업도 잘되기를 빌었을 것이다.

- 이승진 시인의 '故 이상달 시인의 작품 세계' 중에서

푸른잔디 60호

상주아동문학회

값 15,000원 | 시선사

1955년 김종상 선생님이 상주 외남초등학교에 초임 발령, 1956년 신현득 선생님이 상주 청동초등학교에 전근을 오시면서 불붙기 시작한 상주 지역의 초등학교 글짓기 지도는 전국 대회에서 많은 상을 휩쓸었고, 이에 상주는 '동시의 마을'이라는 칭호도 얻었다. 1959년 김종상, 신현득, 강세준, 권태문, 최춘해, 이철하, 이무일, 김광일, 김시익, 김창일, 유원명, 임순옥, 최경희, 이천규, 박태현, 하청호 등은 글짓기 교육의 보편화와 생활 작문 지도의 길을 개척하기로 다짐하고 '상주글짓기회'를 조직하고 회지인 '푸른 잔디'의 발간을 시작하였다. 제60호는 1959년 이래 55년의 세월과 함께 현재 상주아동문학회에서 그 맥을 잇고 있다.

- '상주아동문학회장 김재수 시인의 발간사' 중에서

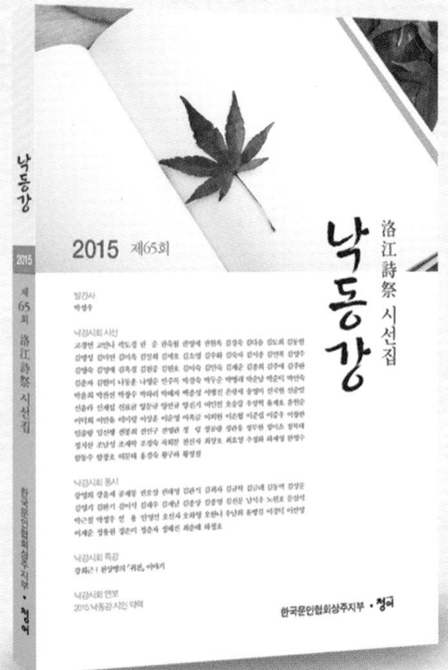

낙강시회는 1196년(고려 명종26년) 최충헌의 난을 피해 상주에 우거했던 백운(白雲) 이규보(李奎報, 1168~1241)의 시회로부터 1491년(성종22년)의 상주목사 강구손, 의성군수 유호인 등의 시회를 거쳐 1862년(철종13년) 계당(溪當) 류주목(柳疇睦, 1813~1872)에 이르기까지 666년 동안 총 51회에 걸쳐 이루어진 역사적인 시회입니다.

역대 51회의 시회를 2002년부터 잇고 있는 '낙강시제'는 올해로 제65회를 맞이하고 있습니다. 〈상주문학〉은 선배 문인들의 '자연과 인간과 시 사랑의 호방한 문학정신'을 받들고 섬기며 그만큼의 책임감으로 지금 여기, '사람을 만드는 문학, 세상을 살리는 문학'을 실현하고자 합니다.

2015 제65회

낙동강

洛江詩祭 시선집

『2015 낙동강』 시인들

강영희 강윤제 고경연 고안나 공재동 곽도경 권 순 권숙월 권영세 권오삼 권태영 권현옥 김경숙 김관식 김귀자 김규학 김금래 김다솜 김도희 김동억 김동현 김명성 김미연 김미옥 김상문 김설희 김세호 김소영 김수화 김숙자 김시종 김연복 김영기 김영수 김영숙 김영애 김옥경 김완기 김원중 김원호 김이삭 김이숙 김인숙 김재수 김재순 김제남 김종상 김종영 김종희 김주애 김주완 김진문 김춘자 김현이 나동훈 나영순 남석우 노원호 문삼석 민주목 박경숙 박근칠 박두순 박병래 박순남 박순덕 박언숙 박윤희 박정우 박찬선 박창수 박하리 박혜자 백종성 서병진 선 용 손광세 송영미 신국현 신순말 신윤라 신재섭 신표균 안영선 양문규 양선규 양진기 여인선 오선자 오승강 오하영 오한나 우남희 우상혁 우재호 유병길 유재호 윤현순 이경덕 이덕희 이만유 이미령 이상훈 이선영 이순영 이승진 이옥금 이외현 이은협 이재순 이준섭 이중우 이창한 임술랑 임신행 전봉희 전선구 전영관 정 령 정공량 정관웅 정무현 정미소 정복태 정용원 정은미 정춘자 정치산 정혜진 조남성 조재학 조정숙 차회분 천선자 최상호 최춘해 최효열 추청화 하재영 하청호 한명수 함동수 함창호 허문태 홍경숙 황구하 황정철

한국문인협회상주지부 • 청어

尙州文學

2015 제27집

특집 Ⅲ. 낙강시제 시선집 중 강과 물의 시

특집 Ⅳ. 낙강시제 문학 강연

특집 Ⅴ. 본회 창립 30주년을 맞은 소고(小考)

尚州文學

창립 30주년을 맞으며

박정우

한국문인협회상주지부 회장

산자수명한 상주고을에
장원봉, 문필봉이 굽어보는 들판에서
문향 상주 땅에 문학의 씨앗 뿌려졌네

함께 이룬 상주문학, 다채로운 문학 활동
30년 간 애써 가꾼 보람이
향토 사랑, 고장 발전 디딤돌로 자라나
선인들의 맥을 이으며 도도히 흐르고 있네

강산이 세 번이나 변할 수 있는 세월 속에 본회는 꾸준히 자라왔습니다. 엄청 오랜 세월이라고 할 수 있는 시간 속에서 창립당시의 정신을 기조로

하여 인적으로나 시·공간적으로 많은 변화와 다양한 모습의 얼굴을 펼쳐왔다고 자부하고 싶습니다.

한국문인협회상주지부의 결성은 1985년 2월 5일 이루어졌으며, 한국문인협회로부터 등록 인준은 1985년 6월 4일자로 받았습니다. 30년의 세월, 사람으로 말하자면 뜻을 세우고 자기의 목표를 향하여 앞으로 꿋꿋하고 당당하게 걸어 나갈 때입니다. '세계적인 명작이 향토문학' 이듯이, 당시 결성식에서의 인사말처럼 창작을 통하여 향토문학, 향토문화 발전을 도모하고 전도된 인간의 가치를 바로잡고, 인간애에 바탕을 둔 문학적 성취를 위해 노력하겠다는 다짐을 문학적 활동을 통해 꾸준하게 펼쳐왔습니다. 이에 빠트린 것도 있겠지만, 이번 기회를 통하여 지난 30년 동안 본회가 걸어온 발자취를 문학 활동 중심으로 간략하게 더듬어 봅니다.

1980년대 말 창립 초기에는 박찬선 회원이 회장을 맡으면서 본회가 지방문화시대의 전기를 마련하는 주춧돌이 되기 위해 애쓴 때였습니다. 권형하 회원 '중앙일보 신춘문예 동시' 당선, 홍기 회원 '대구매일 신춘문예 동시' 당선, 김재수 회원 '방송통신대 문학상 동화' 당선, 민병덕 회원 '대구매일신문 신춘문예 시조' 당선, 이창모 회원 '대구매일신문 신춘문예 동시' 에 당선하는 등, 회원들의 중앙 및 지방신문에 대거 등단하는 르네상스를 이루었습니다.

또한 창립 전부터 매년 실시해오던 '문학의 밤' 은 문전성시를 이루었고, 김연복 회원의 '미국 휘트먼 추모협회 맥클라 클란장 제1회' 수상을 비롯해 많은 회원이 각종 수상을 하였으며, 연간집 및 개인 작품집 발간, 《푸른잔디》 속간, '상주어린이백일장' 개최, '상주아동문학회' 활동은 지역 어린들의 글쓰기에 대한 눈을 뜨게 하는 계기가 되었습니다.

1990년대에도 1980년대에 실시해오던 문학 활동을 지속적으로 전개하였습니다. 매월 실시하는 '월례회'를 더욱 활성화하여 회원들의 작품을 발표하고 합평도 하여 작품 수준을 높이는데 힘썼고, 매년 여름이면 시원한 그늘이나 강, 계곡을 찾아 '여름시인교실'을 개최하여 문학적 소양을 기르는 데 노력하였으며, 여름방학을 이용하여 상주 어린들을 대상으로 '여름시인학교'를 며칠씩 개최하여 어린들의 글쓰기 능력 향상에도 주력하였습니다.

임인호 회원 '삶터문학 신인상' 수상, 정복태 회원 '문예사조 소설 신인상' 수상, 박정우 회원 '아동문예 동시 문학상' 당선, 황화숙 회원 '오늘의 문학 수필 신인상' 당선, 이상달 회원 '아동문예 동시 문학상' 당선, 김재수 회원이 '제15회 해강아동문학상' 수상 및 'MBC 창작동요제'에 입상하는 등 많은 회원들이 다양한 분야에서 수상하고 작품집도 발간하였습니다.

특히 1992년도에는 박찬선 회원의 시집『상주』, 시평집『환상의 현실적 탐구』란 2권의 책을 내는 등, 회원 12명이 16권의 작품집을 출간하는 쾌거를 거두었습니다. 또한 1998년도에 발간한《상주문학 10집》에서는 '창간호'부터 '제9집'까지 '상주문학의 총목록'을 정리하여 발표함으로써 체계화에 힘썼습니다.

2000년대에도 여느 때 못지않은 다양한 문학 활동을 전개하였는데, 황구하 회원 '자유문학 시 신인상' 수상, 황점선 회원 '한맥문학 수필 신인상' 당선, 안영이 회원이 '문예사조 수필 신인상'에 당선되어 지속적인 등단의 맥을 이었습니다.

조재학 회원의 첫 시집을 비롯한 10여 명의 회원이 개인 작품집을 발간하였으며, 김연복 회원이 '미국 국제시인협회 2002년도의 시인' 으로 선정되고, 박두순 회원의 '월간문학 동리상' 을 비롯한 여러 회원이 다양한 수상도 하였습니다.

1990년대부터 실시해오던 상주예술제를 활성화하여 시낭송대회, 초·중·고·일반부 백일장을 개최하였고, 본회 박찬선 회원이 위원장으로 활동하였던 '동화나라상주이야기축제' 의 다양한 영역에 참가하여 축제를 빛낸 바 있으며, 한국문인협회경북지회 회장으로 활동하던 때에는 '제1회 경북도민 백일장 개최', '경북문학의 밤', '경북문단' 을 출간하여 상주의 문학활동을 대내외에 떨친 바 있습니다.

또한 해마다 다양한 문학기행을 실시하여 문학의 깊이와 넓이를 확장하고 상주예술제거리에 시화전을 개최하여 상주시민과 문학이 소통하는 통로를 만들기도 하였습니다. 1196년부터 1862년까지 666년 동안에는 상주의 낙동강 구간에서 달 띄우고 뱃놀이를 겸한 시회를 51회 하였는데, 본회에서 2002년부터 52회로 계승하여 전국 시인들의 시작품을 모은 시선집 발간, 시화전, 시 낭송 및 시퍼포먼스, 문학 강연, 전국 초·중·고 학생백일장 등의 다채로운 '낙강시제 문학페스티벌' 을 매년 개최하고 있습니다.

2010년대에 들어와서도 예년에 실시하던 각종 문학 활동은 이어지고 있습니다. 이옥금 회원의 '공무원 문학 시 신인상' 을 수상을 비롯하여 매년 봄이면 북천 방죽길에 하얀 벚꽃이 필 무렵부터 질 때까지 개최하는 '벚꽃시화전', '충의공 정기룡장군 탄신 기념 초·중·고 학생 백일장' 및 '환경백일장', '감 고을 상주이야기축제' 의 '동시·동화이어쓰기', '경상북도어린

이동화구연대회', '내 생애 첫 작가 수업' 및 '문학 창작 교실' 개최, '경북문단 100인 시화전' 참가 등은 본회가 주관하거나 회원들이 능동적으로 참가하여 문학적 의지를 불태우고 있습니다.

2015년 올해에도 제27집 뒷면의 발자취를 살펴보면 여러 회원이 등단하고 10여 권의 작품집을 엮었습니다. 참으로 개인의 문학적 활동을 위해 혼연의 열정을 쏟고 있는 회원들에게 아낌없는 박수를 보냅니다.

겨울이 성큼 다가왔습니다. 울긋불긋하던 단풍은 어디론가 사라지고 하얀 눈과 찬바람을 마주할 나목들이 당당하게 서있습니다. 본회는 상주의 삶과 정서가 녹아있는 향토색 짙은 문학단체로 자리매김하며, 따스하고 진솔한 상주 시민들의 삶의 이야기들을 듬뿍 담도록 힘쓰겠습니다. 조금은 모자라고 힘이 없고 마음이 아픈 분들의 입장에서 조그마한 위안이 되고 치유될 수 있는 문학 활동을 전개하겠습니다.

끝으로 '상주문학 제27집' 이 탄생할 수 있도록 물심양면으로 지원을 해주신 이정백 상주시장님과 관계자 여러분, 특집에 작품을 보내 주신 시인 여러분, 그리고 한결같이 버팀목이 되어주고 주옥같은 작품을 보내 주신 본회 회원들께 깊은 감사를 드립니다.

尚州文學

尙州文學

추모 특집
장원달 시인

故 장원달
보석 같은 사람아! 외 9편

이승진(상주문협 회원)
우리가 더 사랑해야 하는 까닭은?
– 故 장원달 시인의 작품 세계

보석 같은 사람아!

내 생에 가장 귀한 사람을 만났습니다
보석 닮은 사람을 만나 행복했습니다
나무와 꽃, 돌과 모래마저도 사랑합니다
진심으로 그녀를 사랑하는 걸 어떻게 합니까
비난의 화살이 심장을 찾아와도 괜찮습니다
공주를 힘들게 하는 그림자는 없으면 좋겠습니다
아기처럼 나를 보듬어 주는 나의 아내는
나를 편안하게 행복하게 한 것밖에 없습니다
나의 자녀들도 새 엄마를 사랑합니다
이웃이며 교회에서도 그녀를 좋아합니다
어머니처럼 편안한 천사 품에서 꿈꾸다 떠납니다
나의 공주이자 천사를 조건 없이 사랑해주세요

가을이 오면

가을이 오면
하늘이 높푸르며
오곡백과는 주렁주렁
이 지상의 모든 생물이 열매를 맺는다
나도 이 가을에는
무엇인가 결실을 맺어야 하는데
강물 흘러가듯 세월 따라
나도 늙어 간다
이 세상 무얼 남길 것인가?
깊은 생각의 늪에 빠지고 있다
떨어져 내리는 낙엽처럼
이 땅 위에 새것으로 남기고 싶다
단풍이 울긋불긋 찬란한데
나의 꿈도 이젠 꽃으로 피고 있을까?
나를 사랑하는 사람들과
신나게 열매를 맺자
구름 따라 우리의 모습이
얼마나 시원하게 떠 올릴 수 있을까?
가을이 오면
우리의 사랑 맺어 볼까?

기도

그대와 나 자신을 위한
기도는 먼저 침묵해야 하며
명상을 통하여 마음을 가다듬고
기도는 진리를 배워서 실천을 행하며
아름다운 존재와 위대한 존재,
환상적인 존재가 되기 위해서는
먼저 자신이 알아서 기도해야 한다
기도하고 싶을 때는 철저히 혼자서 하고
비밀스럽게 조용히 기도를 한다
욕망을 버리는 것도 아니고
신이 그대에게 베푼 것의 대하여
감사를 느낄 때 기도 할 수 있다
어린 아이의 마음으로 기도하라
그게 참으로 아름다운 것이니라

혈액투석 하는 날

새벽 6시 30분
병원에 도착한다

나 보다 먼저 온
사람들이 한 줄로 서 있다
혈액투석자 중 나이가 제일 많은 편이다
이 고생 하면서 혈액투석을 받아야 하는가
토요일, 일요일, 가장 한가한 날이다
토요일은 가족 노래자랑이 있고
일요일에는 열린음악회가 있고
7080 시간도 있다

세상은 다양한 노래자랑이 있다
일요일은 전국노래자랑이 있고
월요일에는 추억의 가요무대가 있다

혈액투석을 잊으려고
옛날 노래하면서 지낸다
살기 위해서, 살기 위해서

새벽, 달

가을 바람이 분다
초승달 아래 별빛이 그리워진다
하늘에 달빛이 흐르고
바람이 시원하다

달빛이 빛나고 있다
추석달이 가까워진다
저 달이 점점 커져 둥근달이 되겠지?
나의 연약한 육신도 점점 건강함으로
채워지겠지?

희망을 본다

상주아리랑 한 소절
흥얼거려 본다

이 새벽에 달을 보며……

미수의 어머님께

– 여든 여덟 생신을 맞이하며

동해 가까이 있는 경상도 산골 마을, 영양에서 영양 남씨 가문에 외동딸로 태어나서 꽃다운 스무 살에 안동 임하면 장씨 집으로 혼인하신 어머님, 한 해 지나 첫 아들 보자 일제 압박으로 바로 압록강 건너 중국 신경으로 이민 가서 살다가 제2차 세계대전이 끝나는 말에 빈손으로 야밤에 개성에서 38선을 넘으신 어머님, 서울을 거쳐 대구에 머물게 된 어머님, 오십 년 넘게 고생, 고생만 하신 나의 어머님, 아홉 남매 기르다가 네 명의 자녀를 미리 보내고 또 삼십 년 전에 남편을 천국으로 보내시고 이남 삼녀의 손자손녀, 증손자와 증손녀를 거느리신 어머님.

비극의 6·25전쟁 때, 성령이 인도하셔서 성도 되고, 세례 받고, 집사 되고, 권사 되어 전도에 힘쓰며 교회 생활에 성심껏 봉사하다가 지금은 권사 은퇴 후, 상주시민교회 성도로 경로대학 학생으로 살고 있으니, 복 많은 노인이 되신 어머님, 미수를 맞이하는 어머님, 죽을 고비 수 없이 넘기신 어머님, 온갖 고통을 참고 이겨내신 어머님, 오직 믿음만 부여잡고 살아오신 어머님.

사랑한다는 것, 참는다는 것, 용서한다는 것, 모두가 믿고 화합하는 것만 좋은 삶이라고 늘 말씀하시는 사랑스런 어머님, 우리 가문의 제일 오래 살고 계시는 어머님, 주 예수를 믿고 구원을 얻고 영생복락 누리시는 어머님, 하나님 축복으로 이 땅에서 사랑 넘치고 천국에 살고 있는 자손들 몰려 와서 미수를 맞는 어머님, 어머님 만수무궁 축하드립니다. 주님의 은혜 중에 평강하옵소서! 사랑하는 어머님.

이산가족 상봉을 보면서

금강산 은정각에서
오십여 년 만에 남북 이산가족 상봉을 보면서
흐르는 눈물을 자꾸 훔치고 있다

고등학생 때
여고 졸업 때
교사로 있을 때
의용군으로 납북되고서
지금 만나고 있으니
얼마나 원통한 일인가
그러나 백만 명 넘는 이산가족 중
상봉의 행운에 감사해야 한다니 어쩌랴

형제자매,
남편과 아내의
얼굴들이 너무 늙었구나

세계에서 유일한 분단의 나라
오천 년 역사에 가장 비극적인 백성
평화통일 된 복지 나라에 살아보세
이천이년 구월 십삼일 오후 여섯 시에

금강산 은정각에서 상봉하는 가족들이여
그대는 눈물을 닦고
마음과 마음을 합하여
소망의 노래를 합창합시다

오늘은 좋은 날

지난밤에 눈이 내리더니
오늘은 오전에 눈이 내려 녹더니
날이 밝아진다
봄이 오고 있는 소리가 들린다

싱싱하게 땅이 돋아나고
산천이 푸르게 푸르게 물들고
산새들이 지저귀고 춤추고
즐겁게 노래 부르지 않으면

원대한 꿈을
푸른 하늘 위에 펼치며
우리들이 손잡고
줄기차게 이 땅 위를 달려보자꾸나
오늘은 좋은 날을
세상이 밝아오는 날

미장원에서

삭발을 한다
아내도 머리 자르고 세팅을 한다
오후에 손님이 많다
봄바람 불어오는데
지난겨울에 폭설이 생각이 난다
오늘 도서관에 와서
책을 보면서 즐겁고 기쁜 계절을
그리워한다
봄나들이 옷을 사고 싶다
머리도 매만지고 싶다
서울 갈일이 기대된다
나도 석사과정의 입학생이 되어 간다
3월 7일에는 서울에도
봄꽃이 피기 시작하겠지
내 자라던 고향이 생각이 난다
어머님의 얼굴이 가까이 보인다
나의 사랑하는 엄마 품이 그리워진다
머리를 만지면서
어머님 모습이 내 앞에 떠오른다
나의 영원하신 어머님

새로운 인생으로

믿는 사람들은 오병이어의 기적으로 살아보게
인생은 유수와 같고
그 유수와 속도는 화살처럼 빠르고
인생은 물거품같이 허무하다지만

새로운 인생으로
시간을 잊고 살아보세
진리의 빛을 따라 살기에는 인생은 충분히 길고도 남는다

아프리카 흑인을 위해 생을 바쳤던 슈바이처
인도의 빈민들과도 자신의 인생을 나누웠던 마더 테레사
종교개혁 선두주자였던 마르틴 루터도
대작만 무려 100권이 넘는 책을 남겼고
헨델은 오페라 40곡, 오라토리오 32의 대작을 남겼고
인생은 물거품이라고 하지만
새로운 인생으로 살다보면
인생은 죽어서도 이름이 남겨지고
천국에서 영생을 누리리라

故 장원달

경북 상주 출생
시집 『사랑은 꽃수레를 타고』, 『서로를 위하여』, 『어머니』 등

우리가 더 사랑해야 하는 까닭은?

– 故 장원달 시인의 작품 세계

이승진(상주문협 회원)

> 제게 있어 그녀는 단하나의 길임을 용서하소서 / 제게 있어 그녀는 아침이며 제게 있어 그녀는 생명임을 용서하소서 / 제자리가 아님을 알며 감히 그녀를 탐함을 용서하시고 그래도 후회하지 않음을 용서하소서 / 이건 제 뜻이 아니었으나 오히려 감사함을 용서하시고 또 용서하소서 / 당신이 가르친 그 사랑을 그녀 앞에 제가 놓게 하시고 사람의 절망과 허무는 제게 버려 / 그녀 앞엔 아름다움만이 있게 하소서

임재범이라는 가수가 부른 고해라는 노래의 낭송 부분이다. 종교적인 음악을 배경으로 들려오는 '고해' 의 이야기를 처음 듣던 날 온 몸이 흔들렸던 충격을 아직 기억하고 있다. 주위 사람들에게 '이 노래를 아느냐?' 고 물어보며 야단법석을 떨었다. 생각보다 많은 사람이 '고해' 를 알고 있었고 좋아하고 있었다. 명곡 반열에 오른 노래를 나만 잘 모르고 있었다. '단 하나의 길' '아침' '생명' 인 아름다운 그녀를 종교적 고해 대상인 당신 앞에 놓겠다는 엄청난 사랑을 누가 감히 나무랄 수 있으랴. 사람의 절망과 허무는 내가 가지고 그녀에게는 아름다움만 있게 해달라는 종교적 간구를 누가 아

름답다고 하지 않겠는가? 그런데 독실한 기독교 신앙을 바탕으로 가족과 어머니 그리고 한 공주를 사랑했던 장원달 시인의 시에서 다시 들을 수 있었다. 우리가 더 사랑해야 하는 까닭을 물어오고 있었다.

> 보석 닮은 사람을 만나 행복했습니다 / 나무와 꽃, 돌과 모래마저도 사랑합니다 / 진심으로 그녀를 사랑하는 걸 어떻게 합니까 / 비난의 화살이 심장을 찾아와도 괜찮습니다 / 공주를 힘들게 하는 그림자는 없으면 좋겠습니다
>
> －「보석 같은 사람아」 일부

문협 사무국에서 선정해 보내온 장원달 시인(이하 시인)의 작품 10편 첫 부분에 「보석 같은 사람아」를 읽었다. 시인의 삶을 아는 사람들은 보석 같은 마음으로 시인의 삶에 아름다운 천사가 되어주었던 한 사람을 떠올릴 것이다.

시인과 보석을 닮은 공주는 늘 함께 다녔다. 시인은 행복한 왕자였을 것이다. 상주문협 월례회나 낙동강변 도남서원의 낙강시제는 물론 각종 예술 단체나 교회의 어떤 행사에도 두 분은 함께 다녔다. 자연스러운 일이었지만 다른 사람들에게는 부러운 일이었으며 시샘의 대상이기도 하였을 것이다.

나무와 꽃, 심지어 무생물인 돌과 모래마저도 사랑하게 하는 큰 사랑이었고 함께 할 사람이 함께 하는 당연한 동행이었지만 시인은 세상의 시샘을 걱정 했었다. '비난의 화살이 심장을 찾아와도 괜찮' 다는 자조와 '공주를 힘들게 하는 그림자는 없으면 좋겠' 다는 기도를 하면서 보석 같은 그녀를 만나 행복했다는 감사함을 고해하였다. 이 시는 시인의 삶을 압축한 것이라고 볼 수 있다. 임재범의 고해를 듣다가 문득 시인의 이 시가 노래로

불리어지면 좋겠다는 생각을 했다. 모두가 사랑의 집이었던 시집 여섯 권의 마을을 차례로 둘러보기로 한다.

우리가 더 사랑해야 하는 까닭은? 하나 '사랑의 꽃수레를 타고'

사랑하는 사람은 모두 사랑의 꽃수레를 타고 다니는 사람들이다. 우리가 사랑하고 나머지 힘으로 다시 또 더 사랑해야 하는 까닭은 사랑이 우리에게 꽃수레를 선물해 주기 때문이다. 상주문협의 창립부터 작고할 때까지 공무원, 시인, 신앙인으로서의 그의 삶을 지켜본 박찬선 시인은 첫 시집 『사랑의 꽃수레를 타고』의 작품 해설에서 다음과 같이 시인의 사랑을 읽어 주었다.

> 동시대의 운명을 타고 인생의 반려자에게 주는 시에서 사랑의 출발이자 귀착점을 읽게 된다. 시인의 시에서 그의 사랑이 밝고 건강한 것은 원형질의 근원적 사랑에 튼튼히 뿌리박고 있음으로 비롯된 것임을 확인하게 된다. – 박찬선, 제1시집 해설

우리는 아직 사랑을 모른다. 깊이와 높이 그리고 외로움의 크기도 아직은 모른다. 분명한 것은 남은 우리가 할 일은 아직도 더 사랑해야 하는 것이다. 왜 더 사랑해야 하는지 물음에 대한 답 하나가 그의 첫 시집 『사랑의 꽃수레를 타고』에 들어있다.

우리가 더 사랑해야 하는 까닭은? 둘 '우리 둘만의 노래'

사랑은 '그대와 나' 둘만의 노래이다. 여기에서 너는 신이나 자연, 사람일 수 있다. 이 둘은 우리가 된다. 사랑이란 결국 우리의 노래 혹은 둘만의 노래를 부르는 것이라고 시인은 주장한다. 시 속에서, '나는 어디에 서 있어야 하나 / 나는 어떻게 살고 있어야 하나' 라고 더 사랑해야 하는 까닭을 묻던 시인은 자서에서 다음과 같은 고백을 한다,

> 커다란 변혁을 요구하는 하늘의 일이 이 땅 위에 생겨난 것 같기만 합니다. 운명에 대한 것을 나름대로 추측하거나 속단하기는 힘든 것인 줄 알지만 나의 가슴에 던져진 운명적인 것에 대하여는 가늠할 수 없이 어정쩡하게 인생길에 주춤거리고 있는 것이 사실입니다.
>
> – 제2시집 자서 중에서

기독교에서 운명적이라 함은 하나님의 뜻을 말한다. 시인은 삶과 사랑 그리고 문학의 길에서 어떤 운명적인 신의 뜻을 예감하고 왜 더 사랑해야 하는지 물음에 대한 두 번째의 답을 그의 제2시집 『우리 둘만의 노래』에 숨겨 놓았다. 어디에 서 있어야 할까? 사랑의 자리이리라. 어떻게 살고 있어야 할까? 끝까지 더 사랑해야 하기 때문에 사랑 이외에는 할 수 있는 일이 아무것도 없기 때문에 사랑하며 살아야 할 것이다. 현문우답일까? 사랑의 물음에 사랑 이외의 어떤 답이 있을 수 있는지 그의 시집 『우리 둘만의 노래』를 다시 읽어보아야겠다.

우리가 더 사랑해야 하는 까닭은? 셋 '바위로 남아'

한 시인이 여섯 권의 시집을 낸다는 것은 쉬운 일이 아니다. 시인은 여섯 권의 시집에 보이지 않는 부제를 가족으로 통일한다. 이 또한 어려운 일이다. 87년 3월에 첫 번째 시집은 큰따님, 90년 8월에 두 번째 시집은 막내따님을 위해 출간했으며, 세 번째 시집은 아들을 위해 펴낸다. 모두가 사랑이다.

바위로 남을 사랑이다. 바위보다 무거운 사랑이다.

장원달 시인의 삶과 시를 가까이에서 애틋하게 바라본 시인은 박찬선 시인이다. 박찬선 시인은 네 권의 시집까지 두 번의 짧은 글과 두 번의 긴 글을 썼다. 첫 시집 『사랑의 꽃수레를 타고』는 '진솔한 사랑의 축제' 로, 두 번째 시집 『우리 둘만의 노래』에서는 '삶의 꿈길을 여는 시' 로, 세 번째 시집 『바위로 남아』에서는 '생활과 시의 조화' 라는 주제로, 네 번째 시집 『사람은 사람이 그리워』에서는 '세상 속의 길 찾기와 새로 태어남' 으로 시인의 시와 삶을 특유의 통찰과 혜안으로 풀어내었다. 제3시집의 이야기를 박찬선 시인의 말씀을 빌려 필자의 부족한 부분을 채우려고 한다.

> 유한적 존재가 무한성을 획득하고자 하는 바람은 신앙에 의한 시적 가교를 장치함으로서 도달되는 일일 것입니다. 마치 '나의 원대로 마옵시고 당신의 뜻대로 하옵소서' 라는 겟세마네 언덕의 절대적 귀의의 신앙이 확고하게 이뤄질 때 가능한 일로 본다면,
>
> 나의 목숨을 바치고 / 쾌활한 웃음을 웃자 / 먼 날에 / 내 기도가 이뤄질 것이니
>
> – 「밀어」 일부

이처럼 가장 귀중한 생명을 바침으로 해서 기도가 이뤄진다는 확신이 삶과 시를 지탱하는 힘으로써 작용하고 있는 것입니다. 우리는 시가 인간을 인간답게 가꿔주고 정서를 북돋아주며 고결한 정신에 이르게 한다는 효용적 가치보다도 인간에 의해서 시가 존재하고 발전되어 간다는 상보적 관계에 있다면 장원달 님의 시는 삶을 아름답고 정갈하게 하며 영원과의 교류를 통해 의지의 승화와 시적 영역을 확대하여 펼쳐가고 있음을 보게 됩니다. 장원달 님의 경우 이제 시는 생활이요, 생활이 곧 시일 수밖에 없는 시와 생활이 하나인 세계로 들어선 것입니다.

– 박찬선, 제3시집 머리말 일부

우리가 더 사랑해야 하는 까닭은? 넷 '사람은 사람이 그리워'

시를 쓰는 일, 특히 시인이라는 이름표를 달고 살아가는 일은 외롭고 힘든 일이다. 공무원이라는 이름표를 달고 살아가는 일도 힘들고 외로운 일이다. 그 어려움 속에서도 시인은 시인으로서 공무원으로서 높은 긍지를 가지고 살았다. 해방 후 제2공화국에서 출발하여 제7공화국까지의 공무원 생활과 여섯 권의 시 '집' 을 가진 부자로서의 삶에 자부심을 가지고 살았다.

제4시집은 정년퇴임기념시집이다. 시인은 수많은 사람과 교우하는 공무원 생활을 했으면서도 정년퇴임을 앞두고 사람은 사람이 그립다고 했다. 정년퇴임 앞에는 '영광스러운' 이라는 수식어가 따라다닌다. 영광스러운 정년퇴임을 앞두고 시인은 사람이 그립다고 했다. 왜 그랬을까? 혹 우리가 더 사랑해야 하는 근원적 이유가 '사람'에 기저를 두고 있는 것은 아닐까? 그리운 사람들이 골목길을 돌아서 간다.

우리가 더 사랑해야 하는 까닭은? 다섯 '서로를 위하여'

제5시집은 퇴직 후 자연인, 신앙인, 사랑의 동반자로서의 이야기가 큰 축으로 이루어진다. 여기에서도 박찬선 시인의 해설을 옮겨보기로 한다.

흔히 이르기를 사람은 나이 들어야 자연스럽게 종교에 입문한다고 합니다. 오욕칠정(五慾七情)으로 점철된 삶을 어느 정도 겪고 나서야 비로소 깨닫게 되는 유한한 생명의 한계. 인간 본연의 비애와 고독은 죽음을 벗어날 수 없다는 나약함에서 비롯되겠지요, 그래서 이를 극복키 위해 갈구하는 것이 신앙이라고 하겠지요.

은혜 속에 / 기쁨으로 살아가노니 / 감사하며 찬양하리 // 생명에 감격하며 / 은총에 매인 몸이 / 다시 살아났으니 // 날마다 하늘나라 향하여 / 이 땅 위에 살면서 / 나의 목숨 다하여 기도드립니다

– 「그 은혜에」 1~3연

하느님의 은총을 입어 살아가고 있으니 사는 동안 기도드린다는 교인의 자세가 당당하고 순수하지 않습니까? 이렇게 은혜입음으로 하여 신앙은 절실하고 절대적이며 삶의 근거가 된다고 하겠습니다. 사실 장원달 님 내외분이 함께 하고 있는 신앙생활은 보기에도 참 아름답고 만년 연인처럼 사랑으로 가득 차 있습니다. '마음의 문을 열

면 / 하늘 문이 보입니다.(「마음의 문을 열면」 1연)' 에서 보듯 벌써 두 분은 하늘 문을 보면서 이 땅에서 마지막 삶을 행복하게 잘 정리하고 있다고나 할까요. 이 땅의 문에서 하늘 문을 향한 신앙의 발길은 분명 축복 받은 길이라고 여겨집니다. 따라서 두 분은 하늘 향해 경배하고 찬양하고 감사하고 기뻐하고 순종하고 사모하면서 진실과 사랑이 넘치는 삶을 살다 갈 것입니다.

나의 사랑에는 아무 조건이 없다 / 산은 산이고 강은 강이듯 / 우리는 그렇게 살아볼 거야// 나의 사랑에는 아무 이유도 없다 / 나이와 관련 없이 그렇게 만나고 그리 살다가 갈 것이야 // 나의 사랑에는 아무 행동이 없다 / 나름대로 살다가 가는 것이야

– 「나의 사랑에는」 전반부

사랑은 맹목적이라고 합니다. 사랑에 조건이 있고 이유가 있고 의식적인 행동이 있다면 참사랑은 아닐 테지요. 첫 시집 『사랑의 꽃수레를 타고』에서 보여준 진솔한 사랑은 이제 연륜에서 오는 가식 없는 본연의 사랑으로 심화되었다고 하겠습니다. 나이, 능력, 힘, 자랑을 내세우는 사랑이 아니라 그냥 만나서 편안하게 살다가는 평범하지만 평범하지 않은 사랑론은 순리와 포용을 바탕으로 체득된 사랑이라고 봅니다.

– 박찬선, 제5시집 해설

우리가 더 사랑해야 하는 까닭은? 여섯 '어머니'

문득 시가 일기라는 생각을 해 본다. 시인은 「혈액 투석 하는 날」, 「새벽달」을 보면서 이순의 '어머니'를 생각하고 '기도'를 하면서 '희망'을 보았을 것이다. 그의 여섯 번째 일기에는 26편의 어머니에 대한 시와 기독교 신앙인으로서의 삶이 고스란히 남아있다.

시인의 시 「새로운 인생으로」에는 '오병이어의 기적으로 살아보게' 라는 특별한 문장이 있다. 아픈 사람을 일어서게 하고 보고 듣지 못하는 사람을 보고 듣게 하고 오병이어의 기적을 나타냈던 예수의 참뜻은 무엇일까? 시인의 글과 삶을 보면서도 잘 알아 듣지 못하는 우리를 꾸짖는 것은 아닐까? 깊어가는 가을, 낙엽의 모습과 지는 소리를 보고도 더 큰 신의 소리를 들을 수 없는 우리를 꾸짖는 것은 아닐까? 오늘 날의 오병이어 기적은 무엇일까? 우리가 더 사랑해야 하는 까닭은 무엇일까?

상주에서 기독교 신앙을 바탕으로 시를 쓰는 시인으로는 본고의 장원달 시인과 교직에서 정년퇴임을 하신 김OO, 사업가 이OO이 있다. 모두 생활 속에서 신앙과 사랑이 육화된 삶을 엿볼 수 있는 분들이다. 찬양을 넘어 믿음과 기도가 일상생활 속에서 구현되고 이것이 시인의 내부에 녹아들어 작품 속에 재현되고 그 향기가 시 정신으로 나타날 때 우리는 그를 기독교 시인이라 부른다.

제6시집의 뿌리인 어머니와 하나님은 전 생애를 통해서 시인의 시에 많은 영향을 끼쳤다. 시인의 삶을 이루는 큰 축이었다. 삶의 큰 축 혹은 신념이 보이는 문장이나 보이지 않는 문장으로 작품 속에서 발현되기 위하여 시인은 꿈꾸고 사랑했을 것이다. 시인은 어머니와 하나님, 그리고 공주를 지독하게 사랑했다. 사랑의 시인은 우리 곁을 떠나며 남은 우리에게 질문 하나를 던진다. 우리가 더 사랑해야 하는 까닭은?

> 어머니처럼 편안한 천사 품에서 꿈꾸다 떠납니다 / 나의 공주이자 천사를 조건 없이 사랑해 주세요
>
> –「보석 같은 사람아」 마지막 2행

이승진

경북 상주 출생
시집『사랑박물관』

尙州文學

尙州文學

특집 Ⅰ. 상주문학 자선 소시집

김다솜

두(蠹) 외 8편

박찬선

자유로운 시법(詩法)과 정체성 찾기 – 김다솜의 시세계

두(蠹) 외 8편

김다솜

비타민, 미네랄을 갉아먹기 좋아하는 그는 우엉, 연근, 당근, 피트, 색색의 뿌리를 먹는다. 그는 내가 좋아하는 꽃, 풀, 잎사귀와 바람을 조각조각 갉아 먹고, 햇살도 몰래 갉아 먹는다. 과자와 불량식품이 목구멍을 갉아 먹게 하는 그는 피부를 위해 태반도 먹고 녹용도 먹는다. 한약, 양약, 건강식품도 갉아 먹는 그는 손톱, 발톱도 맛있게 갉아 먹는 그는, 내가 잘 먹는 소꼬리와 닭발, 족발도 뜯어 먹지 않는다. 때론 호르몬이여, 보톡스여, 사랑이여, 노래하면서 갉아먹는 취미를 가진 나는 눈과 귀, 입을 위해 TV를 먹고, 인터넷을 먹고 손전화를 먹고, 전자파를 갉아 먹고, 언제 내가 너를 먹었나 모른척한다. 생명의 구원자처럼 나타난 비아그라가 사타구니를 갉아먹는다. 온갖 냄새와 향기를 갉아먹는 그는 시를 쓰는 나를 갉아먹고 생각마저 갉아먹는다. 나를 갉아먹는 그림, 노래, 춤, 나를 갉아먹는 머리칼, 나를 갉아 먹는 말, 말, 말.

곡(哭)

단잠 자는 영혼을 깨운 것은
피아노 치듯 하는 장맛비도 아니고
잠꼬대하다 가위눌려 일어난 것도 아니다
사기꾼 세상에 무슨 사기 당해 억울해서 저러나
한 다발 선물해준 애인이 이별하자고 했나
메르스가 목덜미와 겨드랑이까지 올라왔나
가뭄에 내리는 장맛비가 좋아서 그럴까
귀신들의 중얼거림처럼 들리는 곡(哭)
거북이처럼 종족 퍼뜨리고 싶어서
암컷이 수, 수컷이 암을 찾는 메타포인가
행복빌라와 꿈의 빌라를 흔드는 저 우렁찬 소리
두 손 모아 기도하듯 사랑초, 토끼풀들이 잠든 밤
불면증 환자를 만드는 두꺼비, 황소개구리인가
그것을 듣고 뒤척이는 달팽이관인가

녹

나뭇가지 걸려 있던
노을이 허공으로 내려올 때,
급탕 누르고 장례예식장 가려는데 정전이 되었다.
밖에서 놀던 따뜻한 어둠들을 위해 촛불을 밝힌다.
참고 참았던 녹들이 만든 분노,
펄펄 끓어 넘치는 용광로,
물과 불의 조화.

아버지는 스마트폰을 들고 나사를 풀고 조이고,
빨간 불을 꺼낸다. 파란불을 꺼낸다.
술 취한 사람처럼 오락가락 하다가 멈춘다.
집지킴이, 그의 손, 발 씻어주며
종일 벽에 기대 그림자를 위한
아버지를 고물상회 보내려 해도,
그 자리, 튀밥 틔우듯 펑, 펑, 터진다.
돌. 아. 간. 다.

새벽별 보고 출퇴근 하던 아버지,
녹슨 아버지 일 많이 해서 다 삭은 아버지,
도파민이 부족해서 생긴 파킨슨증후군 아버지,
당뇨와 고혈압 만들기도 하는 우그러진 아버지,
불이든, 물이든, 아버지든,
차면 비고 비면 차는 기름통.

아기 돌잔치 가려고 급탕을 누른다. 펑,
향기 없는 파란 장미 잎사귀 하나 핀다.

새벽기도

이사 왔을 때는
베란다에서 안방에서
새벽마다 소꿉장난하듯 소리 들렸다
한 이십여 년 듣다보니 소리가 다르다
콩, 콩, 콩, 마늘을 찧는 듯한 소리
칠십 년 된 기계도 녹슬어서 그런지
허리, 다리, 아픈 소리 들리는 벽, 벽,
그녀의 새벽기도 모닝콜처럼 듣는다
이른 새벽 발라드 음악처럼 듣는다

아래층, 옆집, 위층 벽에서
들리는 기계들의 녹스는 소리

나를 두고 나를 찾다

턱을 내리고 다시 약간 위로 다시 옆으로 올리고 OK. 혼자 나가기 싫어 동반 가출한 나를 찾으러 갔지요. 어딘가 있을 나를 찾아 지갑 속마다 주머니 달린 옷마다 털어봤지만 없었지요. 서랍을 열어봐도 없었지요. 그동안 나는 나인 줄 알았으나 알고 보니 나는 없고 그가 나였다니, 점프하듯 현기증이 나고 소리 없는 한숨이 나왔어요. 그러나 그것이 있어야 살아있는 목숨, 어쩌다 나를 잊어버리고 찾아 헤매는데 어제 찍은 사진을 보여주니 법(法), 법이 바뀌었다며 여권사진처럼 귀와 눈썹 다 내놓고 아카시아 향기와 함께 다시 찍어오라 합니다. 자격증, 수료증, 졸업장, 이력서…… 은행, 동사무소, 여권 속에 나는 내가 진짜인지 가짜인지 확인하러 다녔지요. 나는 여기에 있는데 수없이 나를 복사했지요. 지금 세상에 나는 없고 나만 있지요. 나를 찾지 못해 운전도 못하고 하루하루 내가 돌아오길 기다렸지요. 나는 어디로 갔을까요. 분홍 루주를 바르고 눈썹을 짙게 그리고 다시 찍은 사진을 가지고 주민센터에 갔다가 경찰서에 갔다가 결국 나를 가출 신고 합니다. 가출 하고 싶어도 가출 할 시간도 없이 살아온 나를 두고 가출한 나는.

아침의 종소리

승차권 없이 사차원 세계를 다녀왔다
창에 비쳐오는 불빛은 생명의 에너지로 다가와
또, 어느 천상을 태우려고 떠오르는가
유리창 너머로 들리는 풀벌레들의 합창소리
눈꼬리 비비며 기지개 펴듯 일어서는 붉은 풀잎들
종소리, 새소리 앞에서 무릎 꿇고 기도하니
어디선가 들리는 자비로운 그분의 목소리
누군가를 용서하기보다, 나 자신을 사랑하라네

수건에 쓰인 말

S대학에 들어간 답례로 수건을 선물 받았어요.
세수 하거나 샤워 한 뒤 그것으로 잘 닦고 있지요.

그 수건이 졸업했다는 안부도 들었고,
결혼이며 개업했다는 소식도 들었지요.

마을리더 교육원에 갔더니,
그 수건의 아버지를 소개 합니다.

어제 몰랐던 사람 오늘 알고
오늘 알았던 사람 내일 모르기도 하지요.

"오르고 또 오르면 못 오를리 없건마는……" 수건에 쓰인 말을 다시
보며

동창회 그리고 회갑이며 칠순 수건은 걸레처럼 되었어요.
개업이나 행사 가서 얻어온 수건도 얼룩무늬가 되었어요.

삶이 힘들 때마다 용기를 주신 선생님들 생각에
벌떡 일어나 앉아 그 수건을 보았을 너,

너는 나를 모르지만
나는 너를 알고 있다.

맨발걷기 하다 만난 애인들

숨겨둔 애인을 만난다면 이렇게 설렐까요. 이웃사람들은 내가 애인 없는 줄 알아요. 애인을 보여준 적도 자랑한 적도 없거든요. 앞으로 내 애인 자랑하며 논두렁 지나가다 독사 만나듯 놀랄 눈동자를 생각하면서 그 길을 걸어요. 어디 그런 천국이 있을까요. 혼자면 어때요. 꼭 둘, 셋 가야 하나요. 내가 먼저 가자고 하지 않았어요. 조용히 혼자 오라며 문경새재 옛길이 손짓 했어요. 또 친구와 가족하고 걷기도 했어요. 어느 날은 신나게 걷는데 원두막에 사람들이 모여서 웅성거려요. 원두막 둥지에서 떨어진 새끼 한 마리 스스로 죽기야 하겠어요? 날지 못하여 버린 새끼를 살려 보겠다는 애인들이 과자부스러기를 주고, 물을 주고, 새끼 옆에 올려줬지만 그것도 잠시, 다시 흙 위에 떨어진 푸둥새 보았지요. 그리고 자신의 한 컷 찍는 연속극의 주연이자 조연들을 보았지요. 리허설 하는 말과 개의 가면들도 보았지요. 몇 달 후 있을 칠일 천도제 예약했다는 암 환자도 만났어요. 퇴직하고 공로연수 온 사람들도 만났어요. 애인 있는 남편하고 별거하는 아내도 만났어요. 멋쟁이 노부부가 하도 멋있어서 인증사진도 찍었지요. 유모차를 끌고 가는 부부도 보았어요. 내 사랑하는 애인 자랑하고 싶은데 아직 자랑할 시간이 없네요. 문경새재 옛길을 혼자이자 함께 맨발로 즐기는 락(樂), 포근하고 다정하고 편안한 이런 애인 보셨나요. 후~후 내 사랑 애인 詩와 옛길에서.

우물

열흘째 폭염, 뉴스를 보다가 산책을 간다.
오솔길 모퉁이 격자무늬로 만든 작은 뚜껑이 있다.
우물주변에는 미나리와 대파, 토란들이 싱싱하다.
가지와 오이 심은 화분에 바가지로 물을 주는 어머니,
맑은 물 가득한 우물에 비친 나의 모습을 슬쩍 훔쳐본다.
새털구름이 우물 속으로 흘러가고 있는
우물이자 빨래터였을 그곳에는
이제 쥐와 개, 고양이도 오지 않는다.
한때는 동네 사람들이 그 물을 길어다 먹었다고 한다.
그 물 마시던 사람들은 온데간데없고 물만 남은 우물가,
그곳을 찾는 사람은 허리 굽은 할머니 뿐,
항아리이고 와서 뒷집, 앞집, 이야기를 실타래 풀듯,
꿈을 마음을 풀어놓고 갔을 물항아리들.
속 썩이든 남편의 옷을 빨며 늙으면 두고 봐라.
남편대신 방망이질하던 어머니들은 어머니를 낳고,
또 어머니를 낳다가 이제 아기를 돌보고 계신다.

옹달샘 아래 배롱나무 분홍 꽃들이 만발하다.

김다솜

경북 문경 출생
2015년 「리토피아」 등단
방송통신대 국문과 졸업
경북문협, 경북여성문학회 회원
한국문인협회상주지부 사무국장

자유로운 시법(詩法)과 정체성 찾기

– 김다솜의 시세계

박찬선

1. 머리말

변화와 혁신, 창조가 요즘 우리사회의 중심어다. 재빠르게 대응하지 않으면 뒤처지고 낙오의 고배를 들게 마련이다. 그만큼 세상이 빨리 변화하고 있다. 정치현실이나 기업경영이 그렇고 개인생활도 마찬가지다. 세계화의 물결 속에 IT와 스마트폰, SNS 등 통신매체의 발달과 함께 쏟아지는 소식, 거기에 따른 신조어의 발생은 매일 보는 신문마저도 이해가 되지 않아 어리둥절하게 만든다. 특히 청소년들의 언어야말로 두문자 사용과 비꼬기와 은유와 전위 등으로 관심을 두지 않으면 무슨 뜻인지 알지 못하는 경우가 태반이다.

이번에 특집을 하는 김다솜의 경우도 예외는 아니다. 오랜 기간 동안 문협에서 함께 모임을 같이하고 그의 시작(詩作)을 보아온 사람으로서 작금의 시적 변모에는 당황하지 않을 수 없다. 특히 2015 여름 《리토피아》를 통해 등단한 작품 「두(蠹)」*외 4편을 접했을 때 이게 과연 김다솜의 작품인가 할

*두(蠹)는 좀벌레, 아주 작은 벌레, 나무굼벵이(나무속에 기생하는 굼벵이)

정도로 놀라움이 앞섰다.

비타민, 미네랄을 갉아먹기 좋아하는 그는 우엉, 연근, 당근, 피트, 색색의 뿌리를 먹는다. 그는 내가 좋아하는 꽃, 풀, 잎사귀와 바람을 조각조각 갉아 먹고, 햇살도 몰래 갉아 먹는다. 과자와 불량식품이 목구멍을 갉아 먹게 하는 그는 피부를 위해 태반도 먹고 녹용도 먹는다. 한약, 양약, 건강식품도 갉아 먹는 그는 손톱, 발톱도 맛있게 갉아 먹는 그는, 내가 잘 먹는 소꼬리와 닭발, 족발도 뜯어 먹지 않는다. 때론 호르몬이여, 보톡스여, 사랑이여, 노래하면서 갉아먹는 취미를 가진 나는 눈과 귀, 입을 위해 TV를 먹고, 인터넷을 먹고 손전화를 먹고, 전자파를 갉아 먹고, 언제 내가 너를 먹었나 모른척한다. 생명의 구원자처럼 나타난 비아그라가 사타구니를 갉아먹는다. 온갖 냄새와 향기를 갉아먹는 그는 시를 쓰는 나를 갉아먹고 생각마저 갉아먹는다. 나를 갉아먹는 그림, 노래, 춤, 나를 갉아먹는 머리칼, 나를 갉아 먹는 말, 말, 말.

「두(蠹)」 전문이다. 전통적인 발상과 표현, 시어와 전개가 판이하게 다르다. 두(蠹)와 나의 '갉아 먹는다' 는 동질성의 행위는 그와 내가 다를 바 없고 종국에는 갉아 먹히는 대상에게 내가 갉아 먹히는 지경에 이른다. 시인은 말을 부리는 사람인데 오리려 말에 의해서 나는 갉아 먹히고 있다. 내가 선호하는 그림, 노래, 춤과 심지어는 머리칼에게 갉아 먹히고 있다. 갉아 먹는 인식의 행위와 피동과 사동, 주체와 객체의 뒤바뀜 등 도대체 그의 이러한 충격적(?) 변화는 어디에서 온 것일까.

2. 시법의 자유와 변화

다솜도 한때 극히 지엽적이고 미세한 부분에 집착한 적이 있었다. 시어 선택 하나, 시 구절 하나, 시적 분위기 등을 어떻게 살리는가에 지나칠 정도로 과민한 모습을 보였다. 물론 그것은 시의 완성을 위한 단장이요, 매듭짓기에 필요한 일이기도 하다. 그런 과정에서 그는 큰 것을 오히려 다치는 경우가 있었다. 가지를 살리려다가 주간을 부실하게 만드는 경우가 생긴 것이다.

그는 이제 이러한 집착에서 벗어났다. 설령 거칠고 매끄러운 시어가 아니어도 툭툭 던져내는 일상어가 훨씬 시다워졌다. 마치 깨치고 나면 평상심(平常心)이 불심(佛心)이듯이. 그것은 파격이요, 일대 변화다.

기발한 상상력에 의해 시가 되지 않을 듯한 이미지의 거침없는 도입으로 말미암아 훨씬 시다워졌다. 꾸미려 한 것이 아니고 자연스럽게 투기(投棄)함으로써 얻어지는 시적 승화와 국소와 국부적인 부분에 신경을 쓰지 않음으로써 큰 틀의 시가 드러난 것이다. 마치 지류의 흐름을 모두 받아들여서 흘러가는 강처럼 그의 시도(詩道)는 큰 국면을 맞이했다. 기교를 부리지 않고 무기교의 기교랄까, 고정된 시법(詩法)에서 풀려나서 훨씬 자유로워졌다. 자유로운 시법으로 시도 자유로워진 것이다.

단잠 자는 영혼을 깨운 것은
피아노 치듯 하는 장맛비도 아니고
잠꼬대하다 가위눌려 일어난 것도 아니다
사기꾼 세상에 무슨 사기 당해 억울해서 저러나
한 다발 선물해준 애인이 이별하자고 했나
메르스가 목덜미와 겨드랑이까지 올라왔나

가뭄에 내리는 장맛비가 좋아서 그럴까
귀신들의 중얼거림처럼 들리는 곡(哭)
거북이처럼 종족 퍼뜨리고 싶어서
암컷이 수, 수컷이 암을 찾는 메타포인가
행복빌라와 꿈의 빌라를 흔드는 저 우렁찬 소리
두 손 모아 기도하듯 사랑초, 토끼풀들이 잠든 밤
불면증 환자를 만드는 두꺼비, 황소개구리인가
그것을 듣고 뒤척이는 달팽이관인가

—「곡(哭)」 전문

곡(哭)은 아무 때나 하는 것이 아니다. 사람이 죽었을 때나 제사 때 곡을 한다. 그런데 소리 내어 우는 곡할 노릇이 많아진 세상, 곳곳에서 곡소리는 끊이질 않고 있다. 살기는 좋아졌는데 행복에 대한 체감은 반비례로 떨어졌다고들 한다. 정신의 빈곤, 마음의 가난에 때문이다. 그러한 느낌에 문제가 있다. '귀신이 곡할 노릇이다' 라는 일상 생활어를 도입한 다솜의 곡은 다양하다. 귀신들의 중얼거림처럼 들리는 곡으로 단잠 자는 영혼을 깨운 것은 장맛비, 가위눌림, 사기 당함, 애인과 이별, 메르스의 전염, 두꺼비와 황소개구리가 종족보존을 위한 암수가 서로 찾는 소리, 민감하게 반응하는 달팽이관으로 나열되어 있다. 상호 연관성이 없는 이미지들은 충돌현상까지 빚고 있다.

그러나 시행에 나타난 개개의 이미지들은 각기 독립되어 있으나 전체로 볼 때는 통일성을 유지하고 있다. 그것은 마치 투망에 있어서 여러 개의 추가 하나의 손잡이 끈에 연결되어 있는 것과 같다. 곡이라는 제재에 연결되어 집중성, 결집성을 나타내고 있기 때문이다. 나열된 시적 구조에 있어서 애써 시를 다듬으려고 한 흔적이 나타나지 않았다. 산발적인 표현은 마치

의식의 흐름에 따라 떠오르는 영상을 기술하듯 슬라이드의 장면 바뀌기를 연상케 한다. 이와 같은 수법은 「녹」에 있어서도 볼 수 있다.

나뭇가지 걸려 있던
노을이 허공으로 내려올 때,
급탕 누르고 장례예식장 가려는데 정전이 되었다.
밖에서 놀던 따뜻한 어둠들을 위해 촛불을 밝힌다.
참고 참았던 녹들이 만든 분노,
펄펄 끓어 넘치는 용광로,
물과 불의 조화.

아버지는 스마트폰을 들고 나사를 풀고 조이고,
빨간 불을 꺼낸다. 파란불을 꺼낸다.
술 취한 사람처럼 오락가락 하다가 멈춘다.
집지킴이, 그의 손, 발 씻어주며
종일 벽에 기대 그림자를 위한
아버지를 고물상회 보내려 해도,
그 자리, 튀밥 튀우듯 펑, 펑, 터진다.
돌. 아. 간. 다.

새벽별 보고 출퇴근 하던 아버지,
녹슨 아버지 일 많이 해서 다 삭은 아버지,
도파민이 부족해서 생긴 파킨슨증후군 아버지,
당뇨와 고혈압 만들기도 하는 우그러진 아버지,
불이든, 물이든, 아버지든,

차면 비고 비면 차는 기름통.

아기 돌잔치 가려고 급탕을 누른다. 펑,
향기 없는 파란 장미 잎사귀 하나 핀다.

-「녹」 전문

녹(綠)은 쇠붙이가 산화해서 변한 빛을 일컫는다. 녹에는 시간이 걸린다. 녹의 장면을 보자. 급탕과 장례식장 가려는데 정전으로 촛불을 밝힘으로써 전개되는 시. 녹불은 녹들이 만든 분노로 물과 불의 조화요 용광로이다. 뒤이어 아버지의 행위로 이어진다. 빨간 불과 파란 불, 위험과 안전을 오가는 아버지의 늙은 생애가 비쳐지고 그런가 하면 고물상회로 대변되는 노인들의 생활공간이 튀밥 틔우듯 펑펑 터지는 불안한 현실이 돌게 돌아가게 만든다. 나아가 3연에서는 녹슨 아버지, 삭은 아버지, 파킨슨증후군 아버지, 우그러진 아버지마저도 차면 비고, 비면 차는 기름통의 은유가 마음을 아리게 한다.

그런데 마지막 연에서는 아기 돌잔치 가려고 급탕 누르면 펑 하고 터지고 향기 없는 파란 장미 잎사귀 하나 핀다로 매듭이 졌다. 나와 아버지와 아버지의 전 생애가 긴박하게 전개되면서 파란 장미 잎사귀의 녹을 그려내고 있다. 여기에 장례예식장과 아기 돌잔치로 인생의 시작과 마침이 다름이 아닌 시종여일(始終如一)이요 생사일여(生死一如)의 경지를 보여주고 있다.

그러면 이러한 시적 상황의 전개는 어디에서 터득한 것일까? 필자는 다솜이 시 세계의 집필을 부탁하면서 보낸 글 「특집에 대하여」속에 '……이리 저리 상처 받을 때도 있었고(늘 행복도 불행도 없는 생(生)). 늦은 나이에 대학공부하고, 살림하고, 시 배우고, 그렇게 살다가보니 세월이 휘리릭-. 갱년기가 오면서 많이 아프기도 했습니다. (중략) 아이들이 건강하게 잘 자라

제 갈 길 가고, 남편도 건강이 좋지 않았으나 좋아졌고, 지금 저도 건강합니다……' 를 읽으면서 잡히는 것이 있었다. 이 짧은 신변기(身邊記)에서 갱년기를 겪으면서 공부하고, 시 배우고, 살림하면서 동분서주(東奔西走) 그야말로 눈코 뜰 새 없이 바쁘게 살아온 시간과 이후 아이들과 지아비와 나의 건강과 안정이 찾아온 지금은 크게 대조를 이루고 있다. 자질구레한 일에 매달려 어렵게 보낼 때는 시 쓰는 일에도 꼼꼼하고 세세하게 다듬기도 힘들었을 테고, 건강과 안정이 유지되는 지금의 생활에서는 시작에 있어서 대범하게 쓰는 여유가 생겼다는 점이다. 다솜의 시법의 변화는 일차적으로 생활의 변화에서 비롯했음을 알겠다.

여기에 뒤따르는 것은 시에 대한 이해의 폭이 그만큼 넓혀졌다는 것도 간과해선 안 되겠다. 다솜이 「새벽기도」에서 '이사 왔을 때는 / 베란다와 안방, 거실에서 / 새벽마다 소꿉장난하듯 들렸다. / 한 이십여 년 듣다보니 소리가 다르다. / 콩, 콩, 콩 마늘을 찧는 듯한 소리 / 칠십 년 된 기계도 녹슬어서 그런지, / 허리, 다리, 아픈 소리 들리는 벽, 벽 / 그녀의 새벽기도 모닝콜처럼 듣는다. / 이른 새벽 발라드 음악처럼 듣는다. / 아래층, 옆집, 위층 벽에서 / 들리는 기계들의 녹스는 소리, (새벽 기도)' 로 듣고 있다. 처음은 소꿉장난하는 소리로 들렸는데 그것이 세월이 흐르면서 모닝콜처럼, 발라드음악처럼 듣는데 그것은 기계들의 녹스는 소리로 변한 것이다. 성숙된 관점의 변화를 읽는다.

3. '나' 로부터 출발해서 '나' 로 돌아오는 길

턱을 내리고 다시 약간 위로 다시 옆으로 올리고 OK. 혼자 나가기 싫어 동반 가출한 나를 찾으러 갔지요. 어딘가 있을 나를 찾아 지갑 속마다 주머니 달린 옷마다 털어봤지만 없었지요. 서랍을 열어봐도 없었지요. 그동안 나는 나인 줄 알았으나 알고 보니 나는 없고 그가 나였다니, 점프하듯 현기증이 나고 소리 없는 한숨이 나왔어요. 그러나 그것이 있어야 살아있는 목숨, 어쩌다 나를 잊어버리고 찾아 헤매는데 어제 찍은 사진을 보여주니 법(法), 법이 바뀌었다며 여권사진처럼 귀와 눈썹 다 내놓고 아카시아 향기와 함께 다시 찍어오라 합니다. 자격증, 수료증, 졸업장, 이력서…… 은행, 동사무소, 여권 속에 나는 내가 진짜인지 가짜인지 확인하러 다녔지요. 나는 여기에 있는데 수없이 나를 복사했지요. 지금 세상에 나는 없고 나만 있지요. 나를 찾지 못해 운전도 못하고 하루하루 내가 돌아오길 기다렸지요. 나는 어디로 갔을까요. 분홍 루주를 바르고 눈썹을 짙게 그리고 다시 찍은 사진을 가지고 주민센터에 갔다가 경찰서에 갔다가 결국 나를 가출신고합니다. 가출 하고 싶어도 가출 할 시간도 없이 살아온 나를 두고 가출한 나는.

–「나를 두고 나를 찾다」 전문

잘 알려진 칼 부세의 시에 '산 너머 저쪽 하늘 멀리 / 모두들 행복이 있다고 말하기에 / 남을 따라 나도 또한 찾아갔건만 / 눈물지으며 되돌아왔네 / 산 너머 저쪽 하늘 멀리 / 모두들 행복이 있다고 말하건만' 으로 보면 행복은 결코 산 너머 먼 곳에 있지 않고 지금 여기, 자기 있던 곳에 있음을 보여준다. 나는 누구인가를 궁구(窮究)하고 나를 찾는 일이 구도의 행위요, 철학적 사색임은 이를 것도 없다.

이러한 근본 물음은 가장 근원적, 근본적인 인생에 대한 물음이기도 하다. 칸트는 '세계시민적 의미에서 본 철학의 영역은 1. 나는 무엇을 알 수 있는가?(형이상학) 2. 나는 무엇을 해야만 하는가?(도덕론) 3. 나는 무엇을 바랄 수 있는가?(종교론) 4. 인간이란 무엇인가?(인간학)' 로 나눴는데 이것을 근본적 차원에서 본다면 이 모든 것은 '인간이란 무엇인가' 의 인간학에 귀착될 것이다.

칸트 이후 19세기 후반 생철학(生哲學)이나 실존철학에서 중심과제로 이어진 것이다. 인간이란 무엇인가의 물음은 실존이자 자아에 대한 물음이다. 인간 실존에 대한 진단은 불교와 일치한다. '인간의 삶은 영원한 환상 이외의 다른 것이 아니며 인간이란 자기 자신에 대해서나 타인에 대해서나 기만이고 거짓말이며 위선일 뿐이다.' *

불교의 사성제(四聖諦)라는 점에서 볼 때 실존주의자들이 모든 것은 괴로움이라고 일컫는 것은 고제(苦諦)에 해당된다. 수많은 명현들이 던진 물음이자 특히 석가모니가 이 물음을 화두로 괴로움의 원인인 집제(集諦) 괴로움의 종식인 멸제(滅諦) 괴로움을 끊는 방법인 도제(道諦)에 이름으로써 성불한 것이 아니던가.

문득 이런 이야기가 떠오른다. 며칠을 허탕을 친 산도적들이 오늘은 하고 벼르면서 기다리고 있는데 고개를 올라오는 첫손님이 남루한 옷을 입은 중이었다. 실망과 함께 재수 없다는 듯이 지나가는 중을 골려주려고 두목이 나섰다.

"야 이 중놈아, 도대체 너는 뭐하는 놈이냐?"

"……예, 저는 마음 닦는 사람입니다."

"응 그래, 마음이 어디 있는데?"

중은 엉겁결에 자기 가슴을 툭툭 두드리며 가슴에 있음을 표시했다. 그러자 두목이 예리한 칼을 쓱 빼더니 중의 옷가슴을 헤치며 찌르려고 하는 순간이었다. 아주 절박한 순간에 불쑥 한 말이 "해마다 꽃 피우는 저 나무

*파스칼의 팡세(Pensees). no 100

쪼개어본들 꽃이 들었으랴"였다. 이 말에 크게 감동을 받고 깨달은 두목은 사죄를 하고 제자가 되어 수행의 길로 나아갔다는 것이다. 결국은 나를 찾아 나선 일이 되었다.

우리들이 보고 듣는 대상은 자기 마음이다. 자기의 마음이 외계와 같은 얼굴로 나타난 것, 외계와 닮은 것으로서 나타나는 것, 그것을 보며 듣는다. 즉 마음이 마음을 대상으로 하고 있다.

현대를 자아상실(自我喪失)의 시대라고 한다. 기독교의 입장에서 보면 아담이 낙원에서 추방된 이후 인류는 자아상실에 빠졌다. 우리의 자아는 원래 하느님 안에서 발견되는 것으로서 주 예수 그리스도 안에서 참 자아를 발견할 수 있고 자아회복이 가능하다고 보았다.

우리의 역사로 볼 때 일제강점기는 민족주체성을 상실한 시대이다. 이때의 수모와 고통은 민족정체성 확립으로 끝이 났다. 개인의 경우도 마찬가지다. 자아상실의 이유가 여러 가지가 있겠으나, 자신의 심리상태나 가치관 그리고 자기가 자신을 어떤 눈으로 보느냐에 달려있다. 근시안으로 볼 때 자기를 보는 눈은 세계를 보는 눈으로서 가치를 지닌다.

'그동안 나는 나인 줄 알았으나 알고 보니 나는 없고 그가 나였다니, 점프하듯 현기증이 나고 소리 없는 한숨이 나왔어요. 그러나 그것이 있어야 살아있는 목숨, 어쩌다 나를 잊어버리고 찾아 헤매는데 어제 찍은 사진을 보여주니 법(法), 법이 바뀌었다며 여권사진처럼 귀와 눈썹 다 내놓고 아카시아 향기와 함께 다시 찍어오라 합니다.'

나와 또 하나의 나에서 나는 나인 줄 알았으나 알고 보니 나는 없고 그가 나였음을 알고 허탈해 한다. 나의 허상과 실체 사이에서 본연의 나를 찾는 행위가 나의 정체성 확립이요. 내가 누구냐 곧 나의 참모습을 인정하는 것이 된다. 특별한 일이 없는 '동반가출한' 일상 속에서 나의 진위(眞僞)를 판단하는 행위. 지금 자기가 어디 있으며 어디로 가는지를 문제 삼는 일은 자아상실로부터의 회복이요. 각성이다.

승차권 없이 사차원 세계를 다녀왔다
창에 비쳐오는 불빛은 생명의 에너지로 다가와
또, 어느 천상을 태우려고 떠오르는가
유리창 너머로 들리는 풀벌레들의 합창소리
눈꼬리 비비며 기지개 펴듯 일어서는 붉은 풀잎들
종소리, 새소리 앞에서 무릎 꿇고 기도하니
어디선가 들리는 자비로운 그분의 목소리
누군가를 용서하기보다, 나 자신을 사랑하라네

—「아침의 종소리」 전문

가출을 한 나를 찾기 위해 가출신고를 한 상태에서 누군가를 용서하기보다 나를 사랑하라는 가르침이 나의 정체성 확립으로 나아가게 한다. 종소리와 새소리 그리고 그분의 목소리가 다르지 않고 같은 뜻을 지녔음을 보여준다.

S대학에 들어간 답례로 수건을 선물 받았어요.
세수 하거나 샤워 한 뒤 그것으로 잘 닦고 있지요.

그 수건이 졸업했다는 안부도 들었고,
결혼이며 개업했다는 소식도 들었지요.

마을리더 교육원에 갔더니,
그 수건의 아버지를 고개 합니다.

어제 몰랐던 사람 오늘 알고
오늘 알았던 사람 내일 모르기도 하지요.
"오르고 또 오르면 못 오를리 없건마는……" 수건에 쓰인 말을 다시
보며

동창회 그리고 회갑이며 칠순 수건은 걸레처럼 되었어요.
개업이나 행사 가서 얻어온 수건도 얼룩무늬가 되었어요.

삶이 힘들 때마다 용기를 주신 선생님들 생각에
벌떡 일어나 앉아 그 수건을 보았을 너,

너는 나를 모르지만
나는 너를 알고 있다.

－「수건에 쓰인 말」전문

우리 주변에서 베풀어지고 있는 현실적 이야기다. 수건에 쓰인 글은 개인이나 단체나 말 그대로 기념이 될 만한 일이나 행사가 있을 때 찍는다. 수건을 통하여 소통을 하는 것이다. 닳아서 없어질 때까지. 여기서 객체로서의 수건, 어쩌면 또 다른 나의 분신일 수도 있는 수건, 너는 나를 모르지만 나는 너를 알고 있다는 자각이 해법을 구한 셈이다.

그가 설령 기억력 감퇴나 치매 현상이 왔다고 하더라도 이것을 통한 나를 돌아보고 나를 찾아가는 집요한 행위는 그동안 시를 찾아온 창의적인 행위와 다름 아니다. 그는 현대인의 병리학적 단면을 시작에 도입함으로써 인간 심리와 존재의 현현(顯現)을 새로운 각도에서 보여주고 있다. 시 영역의 확대와 개척이라는 면에서 기대되는 부문이기도하다.

4. 시적 감각의 다양성

숨겨둔 애인을 만난다면 이렇게 설렐까요. 이웃사람들은 내가 애인 없는 줄 알아요. 애인을 보여준 적도 자랑한 적도 없거든요. 앞으로 내 애인 자랑하며 논두렁 지나가다 독사 만나듯 놀랄 눈동자를 생각하면서 그 길을 걸어요. 어디 그런 천국이 있을까요. 혼자면 어때요. 꼭 둘, 셋 가야 하나요. 내가 먼저 가자고 하지 않았어요. 조용히 혼자 오라며 문경새재 옛길이 손짓 했어요. 또 친구와 가족하고 걷기도 했어요. 어느 날은 신나게 걷는데 원두막에 사람들이 모여서 웅성거려요. 원두막 둥지에서 떨어진 새끼 한 마리 스스로 죽기야 하겠어요? 날지 못하여 버린 새끼를 살려 보겠다는 애인들이 과자부스러기를 주고, 물을 주고, 새끼 옆에 올려줬지만 그것도 잠시, 다시 흙 위에 떨어진 푸둥새 보았지요. 그리고 자신의 한 컷 찍는 연속극의 주연이자 조연들을 보았지요. 리허설 하는 말과 개의 가면들도 보았지요. 몇 달 후 있을 칠일 천도제 예약했다는 암 환자도 만났어요. 퇴직하고 공로연수 온 사람들도 만났어요. 애인 있는 남편하고 별거하는 아내도 만났어요. 멋쟁이 노부부가 하도 멋있어서 인증사진도 찍었지요. 유모차를 끌고 가는 부부도 보았어요. 내 사랑하는 애인 자랑하고 싶은데 아직 자랑할 시간이 없네요. 문경새재 옛길을 혼자이자 함께 맨발로 즐기는 락(樂), 포근하고 다정하고 편안한 이런 애인 보셨나요. 후~후 내 사랑 애인 詩와 옛길에서.

–「맨발걷기 하다 만난 애인들」 전문

산문시로서 거침이 없다. 그만큼 어떤 굴레에 매임이 없이 펼쳐 보인다. 애인은 문경새재길 혼자 와야지만 통화가 되니까. 그 길 원두막 둥지에서 떨어진 푸등새 이야기며 연속극의 주연이자 조연을 보았고 말과 개의 가면들도 보았다. 그리고 많은 사람들을 만났다. 주말이면 꾸역꾸역 몰려왔다가 몰려가는 관객들, 그 사람들을 만남으로써 사회의 단면을 보게 된다. 애인은 숫한 사람들 중에 있지 않고 바로 문경새재가 애인이다. 새재의 포근하고 다정하고 편안한 애인자랑, 약간의 재미있는.

열흘째 폭염, 뉴스를 보다가 산책을 간다.
오솔길 모퉁이 격자무늬로 만든 작은 뚜껑이 있다.
우물주변에는 미나리와 대파, 토란들이 싱싱하다.
가지와 오이 심은 화분에 바가지로 물을 주는 어머니,
맑은 물 가득한 우물에 비친 나의 모습을 슬쩍 훔쳐본다.
새털구름이 우물 속으로 흘러가고 있는
우물이자 빨래터였을 그곳에는
이제 쥐와 개, 고양이도 오지 않는다.
한때는 동네 사람들이 그 물을 길어다 먹었다고 한다.
그 물 마시던 사람들은 온데간데없고 물만 남은 우물가,
그곳을 찾는 사람은 허리 굽은 할머니 뿐,
항아리이고 와서 뒷집, 앞집, 이야기를 실타래 풀듯,
꿈을 마음을 풀어놓고 갔을 물항아리들.
속 썩이든 남편의 옷을 빨며 늙으면 두고 봐라.
남편대신 방망이질하던 어머니들은 어머니를 낳고,
또 어머니를 낳다가 이제 아기를 돌보고 계신다.

옹달샘 아래 배롱나무 분홍 꽃들이 만발하다.

—「우물」 전문

세월의 흐름을 실감케 한다. 동네 사람들이 길어다 먹은 우물이 이제는 개나 고양이도 오지 않는 황폐함을 보여준다. 제행무상(諸行無常) 제법무아(諸法無我)의 경지가 썰렁하게 다가온다. '남편 대신 방망이질 하던 어머니들은 어머니를 낳고 / 또 어머니를 낳다가 이제 아기를 돌보고 계신다' 대를 잇는 혈육. 만발한 배롱나무 분홍 꽃들이 감각적이다.

다솜의 시에서 보여주는 감각은 다양하다. 그만큼 그려내려는 것이 많다는 의미도 된다. 시적 감각은 시의 승패를 좌우한다. 넘치면 해롭고 부족하면 메마른 느낌이 든다. 따라서 시적 감각에는 지성이 수반되어야 한다. 지성과 감각의 연관성은 지성적 논리와 감각적 논리로서 내적인 유기성이 있음으로써 확연하게 드러난다. 이것은 철학과 예술로서 담론을 삼을 수 있는데 오랫동안 거론되어 왔던 것이기도 하다.

세계의 진리는 어떤 면에서 일상에 사용되는 것이기에 '나'는 그것이 거기에서 무엇을 뜻하는지를 자연스럽게 알고 있다. 거리를 둘 수도 위에서 내려다보거나 꿰뚫어볼 수도 없을 정도로 진리는 '나'의 곁에 가까이 있다. 따라서 진리의 본질을 알기 위해 제일 먼저 해야 할 일은 진리의 그러한 모든 자명함으로부터 거리를 두는 것, 물러나는 것이다. 그렇게 물러나 진리의 개념에 대한 역사적 고찰을 통해 볼 때 …… '우리' 모두의 실존에 주어지는 존재의 의미다.(하이데거)

어느 것에든 깊이 함몰되어서는 안 된다. 나무를 보고 숲을 보지 못하고 숲을 보고 나무를 보지 못하는 어리석음을 범해서는 안 된다는 경종일 수도 있다. 철학과 예술(미학, 시론) 감각과 지성은 분리가 아니라 아우름으로써 빛이 난다. 다솜의 시적 감각에는 지성의 제어가 따라야 한다. 그것은 한 발 물러서서 보는 감각의 통제요 관리이기도 하다.

5. 맺음말

다솜의 특집 원고 9편을 중심으로 그의 시 세계를 짚어보았다. 「자유로운 시법과 정체성 찾기」라고 제하여 일차적 시도를 했다. 여기서 일차적 시도라고 한 것은 다솜의 시를 본 나의 견해임을 전제한 것이고 또 어떻게 변모할지 모를 그의 시세계를 염두에 둔 것이다.

놀라움을 안겨준 다솜 시의 변화는 어느 시점에서 갑자기 돌출된 것은 아니라고 본다. 그동안의 시작활동을 통해 변화의 인자는 조금씩 심어져 왔을 것이다. 그것이 두드러지게 특징적으로 나타난 것이 2010년을 전후한 시점이라고 하겠다.

다솜의 시는 전통적인 발상과 표현기법 그리고 언어선택에서 벗어나있다. 비시적(非詩的)인 일상적 언어를 사용함으로써 시의 고답적인 품격을 파괴했으며 시를 생활인의 곁으로 끌어내렸다. 따라서 시법의 자유에서 수반된 변화는 또한 그만큼 시가 자연스러워졌다. 특정한 틀에 안주하는 것이 아니라 그 틀을 부셔버리고 파격의 형태를 취함으로써 새로운 시의 경지를 열어준 것이다.

여기에 현대인의 정신적 갈등과 고뇌를 주제로 삼으면서 정체성의 문제도 제기케 되었다. 즉 인간이란 무엇이며 나는 누구인가에 대한 본원적 물음으로 돌아선 것이다.

마음이 마음을 대상으로 삼는 유식(唯識)의 문제에 닿게 되었다. 유식의 수행은 어떠한 사람이, 어떠한 단계에 의해서, 어떻게 구원을 찾아가는가에 포착되어 진다. 이러한 일련의 탐구는 시의 탐구로 직결되어 시를 그만큼 풍요롭게 할 것이다.

그리고 다솜의 시적 감각의 다양성은 시적 욕구에서 비롯된 것이라고 볼 때 지적 수행을 수반하게 된다면 발전적 효과를 거두게 될 것이다. 거칠면서도 투박한 거기에서 솟구치는 만개(滿開)한 정서를 보는 즐거움을 누리게 될 것이다. 변화의 중심에 다솜의 시가 있다.

박찬선

1976년 현대시학 추천 등단
시집 『돌담 쌓기』 『상주』 『세상이 날 옻을 먹게 한다』 『도남 가는 길』, 평론집 『환상의 현실적 탐구』, 설화집 『상주 이야기』
경북문화상(문학부문), 이은상 문학상, 대한민국향토문학상, 한국예총공로상 수상
한국문인협회상주지부장 및 경북지회장, 국제펜클럽 한국본부 경북지역위원회장 역임
현 한국시인협회 회원, 한국문인협회 부이사장

尙州文學

尙州文學

시

권형하
김동수
김선희
김숙자
김연복
김영숙
민주목
박두순
박찬선
박창수
신동한
오세춘
윤종운
이미령
이승진
이옥금
이창한
정재훈
조재학
함창호

달밤 외 4편

권형하

'쿵' 하고 담 넘어오는 달로
'응' 하고 애기 하나 낳는 밤에는
감나무가지 아기 핏줄로
달 숨소리 '쌔근쌔근' 들려오고
마을길마다 헹가래치는 소리를
산봉 높이 달아보는 날에는
들길도 발등을 높여
걸어오는 시오리 길

궁궐 한 채

달을 보고 '궁궐' 하고 소리쳤더니
희고 은은한 드레스를 입은
농익은 여자가 나를 맞이했다
사르르 고개 숙여 눈 감은 듯
인사를 하는데 내 생애를 걸고
안아볼 만하였다
푸른 하늘도 낳은 여자였다
그 눈빛 속에는 술잔이 솟고
호수도 보이고
내가 가보지 못한 꽃 속 꽃물 속으로
시를 쓰던 연꽃이 핀 집도 보였다

세상의 밑바닥에서도 박꽃이 피어
익은 달이 떠올랐고 꽃길이 번져서
온 마을을 감싸고돌다가 돌아눕고
몸을 뒤척일 때마다 달빛이 번지고
마을에서는 밤에도 꽃등을 단 달이
십 리 길도 버선발로
뛰어가는 여자였다

전화하고 싶은 날

몇 해째 들리지 않던
소쩍새 울음소리 간절하다
수첩을 뒤적거리듯
이 나무에서 저 나무로
가슴을 옮겨가는
저 새소리

끝끝내 찾아낸 사람
새 울음소리로 보이고
새소리로 멀어지고
내 전화를 내가 받는다

별리

인가가 드문드문한 산 속 찻길에
너구리 한 마리 죽어있다
머리가 다 깨어져 생각도 다 지운 채
두 다리가 산 속으로 뻗어있다

누군가 가보지 못한 길로
산하늘 길을 찾아 가려다가
산길을 지워놓고 죽어있다
가슴이 높은 하늘도 마음이 아픈 듯
먼 산 산봉우리도 출렁출렁 울고 있다

죽어서도 그리운 그 길목길을 아는 듯
알고 있다는 듯 두 다리를 뻗어
산마을 하늘길로 불려나가며
산길 하나 지우고 있다

벚꽃

무슨 소식이나 전할 듯
네 하늘을 펼쳐구나
그 마음 먼 산으로 내려와
담을 넘는 한 나절에야
읽어보는 네 마음

하늘도 끌어내리고
눈짓손짓으로 머무는 강물마다
네 마음속을 다 알지 못했구나

이 봄날 다 가도록
손톱 끝 반달눈썹을
웃음도 서러운 너의 미소를
이제서야 받아 읽는다
참 늦은 가슴으로 읽는다

권형하

1952년 상주 사벌 출생
사벌초등, 상주중, 상주고, 단국대 국문과 졸업
경북교육청 국어교사로 32년 근무 명퇴함
녹조근정훈장 받음
단국문학상, 경북문학상 받음
시집으로 『바다集』 『꿈꾸는 산』 등 간행

2006 외 2편

김동수

나무에게 들어가고 싶은 벌 한 마리
벚꽃 비밀번호가 생각나지 않는지
오르락내리락 우왕좌왕
이 번호 저 번호 마구 누른다
우리 집 비밀번호가 생각나지 않는 날
계단을 오르락내리락 거리다가 결국
그 사람에게 전화를 했다

– 저 것 좀 봐, 비밀번호 잊은 벌 그리고 꽃

벌 받는 꽃이 아파 비밀번호 2006
나를 닮은 벌에게 일러주었더니
냅다 2006 누르던 벌 한 마리
나무로 들어가 돌아오지 않는다

파리의 꽃사과꽃

5월 햇살이 던지고 간 꽃사과꽃에
겨울 건너온 파리가 앉는다
시인의 말대로 파리는 두 손 싹싹 빌며
꽃에게 사과를 한다

고개를 숙이고 생각에 잠기며
꽃의 무릎에 자신을 묻는다, 나도 미안하다

올해는 사과 꽃이 많이 왔구나
엄마는 하얀 꽃을 털며
우리 집 과수원에 물을 주었고
그때마다 파리는 때로 사는 건 미안한 일이라며
물을 피해 검게 날아올랐다

다시 벌 나비 지천인 사과밭으로 가야겠다
꽃으로 가 사과를 해야겠다
풍덩 빠져
꽃이 꽃에게 사과하는 5월 햇살을 메고
하루 종일 너에게 살아야겠다

미스터Lee

커피의 안주는 그리움이라며
끊은 적 있는 담배를 피워 물었다

있어준다는 거 빈 자리하나 그냥 지켜준다는 거
들어준다는 거 닫힌 입으로 그냥 들어준다는 거
고마운 거라며
낯선 빈 의자에 앉아 들어주는 미스터Lee

낙엽처럼 시든 당신 몸에 개똥쑥이
좋다며 오르지 못할 언덕의 개똥쑥을
달이던 미스터Lee

붓다가 되어버린 어머니 가시는 길에
덜 익은 신발과 헐거워진 옷을 입고
따라다닌 다섯 살의 미스터Lee

올봄에는 꽃 피운 적 없는 붉은 연산홍을
엄마 무덤가에 피우겠다며
하얀 그리움을 피워 무는
알 수 없는 미스터리

김동수
한국문인협회상주지부 재무부장

그녀의 오늘 외 2편

김선희

시원한 바람을 맞으며
이곳저곳을 돌아다닌다
작은 눈동자로 그대를 바라본다
오늘도 그녀는 행복해 보인다

걸을 수 없어도
'고맙다' '미안하다' 표현 못해도
오늘도 그녀는 행복하다

그녀는 구석구석 구경하기 바쁘다
푸르고 붉은 하늘도 올려다보고
씽씽 달리는 자동차도 구경하고
아장아장 예쁜 아기도 보면서
오늘도 그녀는 행복하다

오늘도 가벼운
휠체어 밀고 있는
그대를 바라보며

파지 할머니

'빵덕어미 같이 생겨서
말도 툭툭 내뱉고, 그러니 손님이 없지
여기는 시장도 좋고, 새댁들도 웃어서 좋다
복 많이 받아, 복 많이 받아야지'

율무차 한 잔에
할머니 수다가 고무줄처럼 늘어진다
녹음된 테이프마냥
똑같은 말을 반복한다

박스 하나에 할 말 못할 말 다 하고서는
접은 뭉치를 안고 나선다
저녁 어스름 길이
접은 박스에 잠든다

물

마음 깊은 곳에서
옹달샘처럼 물이 흐른다

가뭄에 갈라지지 않는
마음의 물길은 뿌리에 걸리기도 하고
바위에 부딪혀 흩어지기도 한다
물소리 몽돌 구르듯이 요란하다
깊은 산속처럼 조용하다

가슴 가득 모인 물방울은
해 뜨는 아침으로

김선희
한국문인협회상주지부 회원
시노리 회원

고구마 외 4편

김숙자

고구마가 유리병에 있다
유리병에 든 물이
고구마를 들어올린다
고구마가 둥실 떠 싹을 올린다
하나, 둘, 셋, …… 잎이 늘어간다
언제부턴가 푸른 숲을 이루었다
껍질만 남은 채 숲속에서 썩어갔다
새순을 틔우고 숲을 이루면서 죽어갔다
고구마는 그가 만든 숲속에서 죽었다

제비

제비 한 마리가 날개를 퍼덕이다가 기류를 타고
몇 번이고 급강하 급선회를 반복하며
여기 저기 땅위를 스치더니 원을 그리면서 날아간다
비 오는 날, 흙 속에서 나오는 지렁이를 잡으러 나왔을 것이다
그러나 길엔
휘발유로 얼룩진 타이어 자국, 매연 냄새만 가득하다
뜨거운 열기 뿜으며 높게 낮게 나는 무리들
처마에 흙과 마른 풀로 집을 지어
알을 낳아 새끼를 부화시키는 무리들
털이 보송보송한 새끼들이 다이아몬드처럼 입 벌리면
파리, 딱정벌레, 새끼들을
순서대로 입 깊숙이 넣어주는 어미들
새끼들의 똥을 멀리 갖다버리는 어미들
둥지에 매달려 날개를 바짝 들고
입안이 붉은 빛을 띤 건강한 새끼들에게
어미들은 먹이를 깊숙이 넣어 다시 난다
청룡열차처럼 높은 곳으로 오르다가 내려와
다시 원을 그리며 먹이를 찾는다

박쥐

이웃에 박쥐 한 마리 살아라
박쥐처럼 이쪽에 붙었다 저쪽에 붙어라
우세한 쪽에 붙어서
다른 쪽에 서려는 사람한테
저쪽은 나쁘다고 설득시켜라
내 편에 서지 않으면 허리띠, 재떨이 같은 것으로 때려라
그래도 안 되면
마누라까지 동원시켜 저쪽 편에 서지 못하게 해라
우두머리 서려는 인물이 나타나면
명예를 훼손해서라도
그 자리를 빼앗으려고 발버둥 쳐라
그가 선 쪽이 분리할 것 같으면 또 다른 쪽으로 가라
그곳에 갔다가 대우받지 못하면 다시 이쪽에 와라
대우를 안 해 준다고 찌익 찍찍 울어라

함창명주

황제 헌원의 왕비 서능이
처음으로 누에치기 하였다는
하늘이 내려준
인류에게
부드러움 제공 해주는 명주

누에고치에서
한 올, 한 올 뽑아 올린
빙글 도는 물레 소리
씨줄 날줄 촘촘히
베틀로 짜낸 명주

한복, 가방, 모자
오색찬란한 색상으로 만든
입고 들고 쓴 패션의 명주
청정지역에서 나온
비단, 명물, 함창의 명주

우아하고 고운 자태로 사뿐사뿐
지나는 길손 유혹한다

기차여행

함창역에서 부산역까지 가는 열차다.
무궁화호 1793열차 5호차에 올랐다.
그녀는 61호석 아들은 62호석 둘이서
좌석에 나란히 앉았다.

뿡 그녀가 운다.
칙칙폭폭 아들이 간다.
재잘거리는 63호석. 수다 떠는 64호석.
잠자는 75호석. 책 읽는 85호석.
음료수 있어요. 커피 있어요. 승무원이 지나간다.

창밖으로 들판이 도로가 집들이 산이 바위가 단풍이.
그 옆으로 주렁주렁 매달린 감. 비닐하우스. 갈대.
터널. 실개천. 단풍나무. 은행나무. 연기가
오르막길 내리막길이 지나고 지나간다.

김숙자

2004년 문학세계 시 신인상, 나래시조 시조 등단
샘터 인간승리상 수상, 이육사 시낭송경연대회 수상
한국문인, 경북문협, 상주문인, 상주아동문학회 회원
경북 향토문화연구사, 국학연구회 이사
저서 『날고 싶은 제비』(장편소설)
현) 상주문화관광해설사

시 외 4편

김연복

인간이 시를 낳지만
시는 어린이의
천진난만한 영혼처럼
仙의 일부이다

인간의 가슴바다
가장 깊은 곳에 숨었다가
마치 인어처럼 수면이 잠잠할 때
의심쩍은 표정으로 얼굴 내민다

Poetry

Yuhn-Bok Kim(Mountain Boy)

Man gives birth to his poetry,
Yet poetry is only a subordinate part,
As a child's heavenly soul,
Is part and parcel of the divine heart.

Lingering in the deepest part
Of the sea of a human heart,
Like a mermaid, it shows its doubtful face
When the waves lull on the surface.

조약돌의 꿈

하늘 높이 바라볼
탑이 있다는 것은
얼마나 다행스러운 일인가

낮에는 자신을 던져
수많은 발아래 밟히고
지나는 버스, 트럭, 트레일러들의
타이어에 부서지면서도
기꺼이 몸을 던지는 연유는

밤에는 꿈이 실현된다는 것
저 높은 탑 위
독수리 제왕의 자리에 돌아와
앉아있게 된다는 것

A Pebble Dreams

To have a tower
To gaze up at everyday

Is a most fortunate thing.
By day I cast myself under the
Endless weight of passing feet;
Numerous times, I am broken by
The tires of buses, trucks, trailers...
Yet still I am ready to flip
More times with joy

For at night my dream comes true...
Find myself atop the tower
Like a glaring white Eagle
Back on its throne.

양심

그 분이 누구시며 어디서 오셨는지 모르지만
그 분은 모든 善한 가슴 안에 살고 있으리라
살아있는 것 속에나 숨이 없는 것 속에도

그 분은 가끔 내 가슴에 섬광처럼 번쩍이지만
언제나 나를 버리고 떠나가셨을 때
그 분이 누구신가를 알게 된다
그 분은 내 아버님의 가슴속에 더욱 오래 계셨으리라
아버님의 발끝에서 머리 위까지에
가볍게 걸으시는 그 발길에서도

당신이 내쉬던 그 숨결 속에 마저도
그 분이 번쩍이고 있음을 볼 수 있었다
이제 그 분은 내 머리 위에 앉으셔서
무서운 눈으로 나를 내려다보시지만
賞주심도 잊지 않으시니
그것은 내 즐겨 부를 노래이어라

The Conscience

I don' t know who he is or where he' s from
but I think he dwelts in every fair heart
whether living or breathless.

I often feel him glowing in my heart,
but I realize who he is only when
he eluded me.

He dwelt in my father' s heart for a long time
for I could see him shining there
from father' s head to toe,

in his steps so lightly walking,
even in the breath he breathed.
now, abiding over my head,

he threatens me with a fearful eye
but he never forgets his reward,
the songs which I long to breathe.

먼 옛날 두고 온 나라

먼 옛날 두고 온 나라
이 좁은 마음으론 다시 돌아갈 수 없는 나라

꼬마들만이 사는 나라, 기쁨이 넘치고
작은 가구들과 동물들과 장난감으로 가득 찬 나라

심술쟁이와 바보들로 가득 찬 나라
똑똑한 놈이 스스로의 법으로 남을 윽박지를 수 없는 나라

소꿉놀이 이야기로 침이 마르지 않고
미움이 웃음에 녹아들고 눈물이 사라져 버리는 나라

한 줌의 황금으로 살 수 없는 나라, 황금이 너무 싸서
가슴에 안겨줘도 고개 흔드는 나라

누구나 한 번은 가질 수 있었고 한 번은 가졌던 나라
그대 편히 잠들어 쉴 때까지 생생히 눈앞에 어리리

아, 그 나라 내겐 너무 빨리도 지나가 버렸구나
바보들의 나라, 기쁨의 나라, 웃음만이 폭발하던 그 나라

The Land that I Left Long ago

It was the land, the land that I left long ago
Where with this narrow wisdom, again I can' t go.

It was the land, the land full of little cronies and joys
Full of little tools, pets and toys.

It was the land, the land full of bulls and fools
Where the wise can never encroach with their rules.

It was the land, the land full of gulps and puffs
Where hate melts into smiles, tears cease with laughs.

It was the land, the land you can' t buy with a handful of gold
For gold is cheapest there where for the lowest price sold

And it was the land, the land everyone can possess and possessed
The land will be vivid when you are laid to rest

Oh, but it was the land for me that passed too fast,
The land of fools, the land of joys where only laughs did blast.

한 송이 꽃

그들은 피어있는 한 송이 꽃만을 보고
"아이 고와" 하고 감탄한다

꽃송이를 둘러싸고 있는 잎들이나
그것을 떠받치고 있는 줄기는 의식 못한 체

하물며 보이지 않는 어둠 속에서
삶의 악전고투를 치르는
뿌리들을 어찌 생각하랴

그들은 피어있는 한 송이 꽃만을 사랑한다

A Flower in Bloom

They love only a flower in bloom
And say "How beautiful!"

And forget the leaves that embrace it
And the stem that supports it,

So far from giving even a thought
To the roots that in darkness
Fight for life:

They love only the flower in bloom.

김연복

시집 『산 소년』 『잃어버린 풍경』 『진리의 본성』, 시선집 『한 인간의 노래』 등 다수 출판
수상: 경상북도문화상(문학부문), 동리문학상, 대구 펜문학상
한국문인협회외국문학분과 회장, 한국문인협회상주지부 회장 역임

보리암 외 4편

김영숙

바다도 더위에 지쳐
땀에 흠뻑 젖었네
기암괴석 운무에 싸여 신비스런 자태 보일 듯
땀범벅으로 비경에 젖으니
불심에 기대어 쥐고자 한 소원마저 잊었네
석공의 망치질 소리 들리는 듯한 바위 계단
바위동굴, 석등, 석가래, 한생 다 바쳐도
부족한 보리심의 암자에 서니
물욕과 탐욕 모두 티끌이었네
품어도 넉넉한 바다에 마음 씻고
난간에 기대어 가까운 듯 먼 불심 추스르니
등 기대어 선 자리
바위 벼랑 아래 작은 맥문동 꽃 피어
연보랏빛 흔들며 마음 아는 듯
곁에 있어도 늘 아득한 이여
보리암에 올라 보리심 한가득 채워야겠네

대립

바람
저리 몹시 불어오는 것은
어디에선가
따듯한 것과 차가운 것
심하게 갈등하고 있나 봐

서로가
서로에게
다가가지 못하고

한 가슴과
다른 가슴이
밀어내고 있나 봐

나무들이 종일 울어 대고
세상이 온통 아우성이네

벚꽃

필 때보다
질 때 더 아름다운
꽃을 보았소

한나절 피어있는 꽃처럼
우리 만남은
늘 허기지고

바람 없는 하늘
은하수 흩뿌리는
벚꽃길에 서면

꽃 피고 지는 일
어쩔 수 없지만

필 때보다
질 때 더 가슴 설레는
이 봄날 불현듯 알고 말았소

가장자리에 들다

그림을 볼 줄 모르는 사람에게
늘 그림을 보내오는 사람이 있었습니다
오월엔 붉은 글라디오스가 불타오르고
가을엔 낙엽이 노랗게 물들었습니다
타는 듯 붉은 열정과 계곡을
물들인 노란 단풍숲속의 의미를 알 수 없는 나는
늘 그림 밖에 서서 기웃거리기
일쑤였습니다

그림 속 풍경에도
하얀 눈발이 흩날리기 시작했습니다
나는
바다가 보이는 소나무 군락지를
오래도록 바라보다 문득,
하얀 눈 속에 발목을 감추고 서 있는 소나무 발가락 사이로
작은 칠게 가족들이 따스한 군불을 지피고
검은 눈망울을 올망 거릴지도 모른다고 생각했습니다
모래언덕을 오르는 칠게의 낮은 발자국 소리가 들리는 듯
하였습니다
누군가를 안다는 것은 깊은 바다에 들어 그 속을
들여다보는 일처럼 생의 전부를 송두리째
뒤흔드는 일
여전히 나는 그림 밖에서 서성거립니다

가까운 곳에 네가 있었다

달개비꽃 보인다
별똥별 떨어져 반짝이 듯

풀섶 속 세상
달개비
참 오랜만에

가까이 있어
보이지 않던 네가
문득
별빛처럼 보인다

김영숙

상주문인협회 회원
월간 문학세계로 등단

영겁의 톱니바퀴 외 4편

– 벚꽃둑길에서

민주목

아름아름 별들이 내려와 장사진으로 손닿을 듯
자리 잡은 은하수다

그것만 보며걷다가 오늘은 더 반짝인다 할까
동행녀의 윤기 돋은 속눈썹과 입술 위에 얹어본다
내 시선 내려
간간 남실바람이 집적거리는 전라(全裸) 햇살의 날에
수정(受精)하는 짓이야 당연함에 축복축복 받을 일 아니랴

꽃들 나라에는 기다리고, 찾아감에 네임 내임이 없는 자유……
아직 나비는 자고 있는지? 성깔 있는 귀여운 벌들이나 드물게
무섭게 뵈는 검은 야생 파리, 기어드는 작은 개미
개미류의 날것들에도
차등(差等) 없이 속들이 접하고, 접하고 또 접하고 있는–

아, 잡식(雜食)성의 화려한 박애(博愛)의 사랑들을 보고 있다

그 사랑의 대목장 같은 무질서의 공간에서 문득, 영겁으로 돌고
있는 은빛 질서의 톱니바퀴를 발견하였다!

하지만, 한 사내가 문제다?
이 꽃 터널 안이 몸으로 익힐 수 있는 참 진리의 가마, 가마 안이라고
떠날 줄을 잊었으니……

기웃 트인, 이마 위 하늘에는 한 점 큰 구름이
백자 빛으로 미소 짓고 있다

다슬기 줍는 엉덩이와의 사랑

두 손을 둥글게 올려 정수리에 손끝을 이은
바로 그 표현의 엉덩이 냇물 위에 올라있다

작은 둔덕이랄까
맞붙은 두 봉우리랄까
좌 우 중심 잡고 있는 골짜기만은 뚜렷하다

개구리헤엄 치듯
잠결에 젖꼭지 찾듯
울 엄마 가슴인양 허락도 없이 어루만진다

그렇다면, 그 골짜기의 중심에
내 코와 입술이 다가있는 셈이라고? 천만에 말씀
100m쯤의 거리 낮은 다리 위에 서있는데 물끄러미

그런데 아, 어찌 하랴!
어루만지는 내 눈길의 두 손 그 두 손을
살뜰히 의식으로 잡고 있음을 그
떨어질세라, 떨어질세라 갈대숲이 좁혀져 있는 위쪽을 향해
아주 가만 가만 물 거슬려 오르고 있다 이따금 추스르며

— 한 마리 왜가리가 낮게 떠서 왝, 왝 거리며
지나가거나 말거나 —

무던한 엉덩이와
은밀하고 평화스러운 사랑을, 시간을 갖도록

하늘땅의 보살핌을 몽땅 받고 있나보다, 있나보다

오늘은
물도 더 맑고, 바람도 자고
나절아침 햇살이 이리 신선하고 눈부셔라

해바라기

고막 동공에
부딪는 것들로
때론 뇌빈혈에 잡혀서

어지러워
어지러워

종교 정치
그 바람만이라도
아니 부는 마을 없을까

둘러보고
둘러보고

세상에서
제일 밝으신
저 분은 꼭 아실거야

믿는 마음
믿는 마음

오늘도
환한 얼굴로
해님만을 바라보는

고등어의 꿈

어쩌든
한번 나서 한번 죽는다는 건
본고향으로 가는 길이데
그 길 따라 갈 바엔
누리에서 맛짱이요 영양 면에도 몸짱인
간고등어 그래, 자반고등어 되고 싶다나.

한 그물에 걸린
한 배를 타고 온 많은 인연 중
누리에서 짝이 되는 오롯 숙명이 되는
배알 다 버려진, 물욕도 버린 그 몸 있는 한까지
오직

변치 않을 사랑을 위하여
사랑만의 꿈을 위하여

팍, 팍 소금 세례를 받은 후 바로
두 몸이 한 손, 한 몸이 되는 그 꾸밈없는 사랑
사랑, 그
사랑의 최면에 빠지고 싶다, 그 최면 속에만은
속에만은 분명
극락이라 하든가 천당이라 부르든가
입 딱, 딱 벌려질 황홀함 있을

있다마다
우주란 곧 춘몽의 집 집이니까

고향 길 바위 앞에서

지나다 이따금
그대 바라볼 때면 나의 자존은 없어지고 맙니다
세상, 보고 듣고 말할 것도 없다는 건지– 얼굴을 닫고
침묵만을 우람히 보이시고
하고 싶은 것들 모우고 많이 이름 빛냄을 넓힌다 해도
머지않아 젖은 짐이 되거나
날선 시샘에 찍혀 모함과 누명 씌움– 그
별미 제공이 될 수 있음을 잘 알고 있는지
아예, 손과 발을
굳히고 멍텅구리, 멍텅구리로만 만져보게 하더니만
작년 이맘때이랴
이웃 마을 모임에서 기쁨이라고 막걸리에 소주
오랜만에 고운 손 맥주잔마저 거절 못하고 꺾어 넘기다가
꺾일 듯 꺾일 듯
휘청거리며 하찮은 노래를 꽃잎처럼 한낮을 흩날리며
귀가 길 가눠 가다가– 멀쑥 고개를 들었을 때
그대는 홀연
피식 웃는 얼굴로 굽어보고 있었고, 나는
응석둥이로 다가서서 배꼽 아래까지 쑤욱 내밀고 소피를
강물처럼 흘려보낼 때
하늘은 큰 얼굴에다 흰 구름 몇 점 찍어놓고 숨죽이며
내려보고
톱뉴스꺼리라도 잡은 듯 저만치서 나뭇가질 옮겨가며
까작! 까작!
까치들은 부산떨고 있었지요

산모퉁이길
그대와 대하여 왔음이 몇 년 몇 번째인지는 모르지만 분주하고
튀던 내 몸과 마음, 아주 조금씩 앉혀지고 무게 져가는

민주목

1987년 매일신춘문예 시조 당선
월간문학 신인상 등단
시세계 자유시 등단

열매의 사상 외 4편

박두순

가을날 열매란 열매들
자신의 사상 채우기에
열중이다

자기 색깔을 찾아내고
제 맛 쟁여 넣는 작업이 한창이다

눈여겨보고 있는
햇살의 눈빛도 이마도 습기 없이 맑다
구름은 어느 모퉁이로 자리를 피하고
내려다보는 하늘 눈길이 파랗다

이러니!
열매들 사상에는
잡맛이나 군더더기 색이
끼어들 틈이 없다

열매들의
결삭은 사상 앞에서
우린 빈 바구니

자아 탐구

한 달 전에는 발목이 시큰거리더니,
오전부턴 귀울림이 징징 귓바퀴를 긁는다
오늘은 심장이 쿵쿵 가슴을 뛰어다닌다
불안하다
몸 어느 부분의 나사가 풀리는지?
일시적 현상이야, 일시적 현상일 거야
두근거리는 마음을 제자리에 앉히려고
일시적 현상이야, 일시적 현상이야,
짧게 끊은 긴장된 문장을
연신 머릿속으로 전송하다가
문득, 나까지도 일시적 현상?
맞다, 일시적 현상이다
지구 한 귀퉁이의
아주 조그만 그림자로 어른거리는
일시적 현상이다
지구도 나 때문에
이럴 땐 속이 답답할까?
이런 거창한 물음도 일시적 현상이다

공인 어르신

이제 나는 어르신이 되었다
'서울특별시 어르신 교통카드'를 받고
국가 공인 어르신이 된 거다

서울시와 국가가 공인한
어르신이니 처신에 주의해야겠다며
제자들에게 이야기했더니, 마구 웃었다
늙었다는 것인데 뭐 그리 좋으냐는 웃음이다
친구들도 어르신 카드를 받고 시무룩했다던데
나는 아직 덜떨어진 어르신일까

40년 가까이 시를 쓴 시인인데도
시 일 년 원고료가 10만 원도 안 된다
나잇값도 못하는 시인이다
어르신 한 달 지하철비 7만 원이 거저
일 년이면 84만 원이 공짜, 원고료 8배이다
시인보다 국가 공인 어르신이 낫다
이런 나라에 시인이 산다, 하

자판기 앞에서

영하 15도 출근길
자판기 앞에 섰는데
천 원짜리 넣고
커피를 뽑아든 사람
– 커피 드시려구요? 묻는다
– 예?
– 잔돈 남았으니 드세요
– 아니에요
– 드세요, 커피 한 잔 갖고 뭘 그러세요
– 아, 네 감사합니다
그러고 그 사람 잔돈도 챙기지 않고 가버린다
– 잔돈요, 소리쳐도 가버린다
커피 한 잔과 잔돈 200원을 들고
아, 나는 너무 높이 올라와 있었구나

시집 출판기념회

어느 여류시인 출판기념회
축사다 축가다 시세계다
순서가 이어지는데
– 어어, 으아, 어버버
그녀의 손녀가
말이 안 되는 소리를 섞어 넣는다
말이 안 되는 소리가 이상하게도
정갈하게 들린다
축사 축가 축시 낭송 같은 게
오히려 저만치 밀려나 더듬거린다
어버버 어버버 젖먹이 옹알이가
시인 출판기념회의
시선을 모은
가장 순수한 순서였다
때 묻지 않은 시어(詩語)였다

박두순

1977년 아동문학평론 동시 신인상, 자유문학 시부문 신인상 당선
동시집 『사람 우산』 등 13권과 시집 『찬란한 스트레스를 받고 싶다』 등 3권
대한민국문학상, 소천아동문학상, 한국아동문학상, 방정환문학상, 문협작가상 등 수상
한국동시문학회장 역임
현재 국제PEN한국본부 부이사장

들길 외 4편

박찬선

오게, 풀냄새 나는 들길로 오게
풀들은 저마다 이슬방울을 달고
해맞이에 분주한 때일세
바지가래이가 좀 젖으면 어떤가
밤새 치장을 한 온갖 풀들의 풋풋한 모습을 보면
모두가 한 몸으로 개벽을 꿈꾸었던 얼굴이 떠오르고
풀과 내가 한 포태의 소산으로 하나임을 알지니
하늘 향해 하나같이 팔 벌려 기구하는
어울려서 아름다운 풀들의 세상
어린 풀벌레도 덩달아 노래하고 있나니
오게, 아무리 오랫동안 멀리 걷는다 해도
다시 떠난 곳으로 돌아오는 것을
물씬물씬 풍기는 푸른 풀냄새
마음도 풀물이 드는 살아있는 생명의 냄새
영성이 뿜어내는 포덕(布德)의 향기일세
들길은 내가 나에게로 돌아가는 길
동녘으로 트인 밝은 빛의 길은
모두가 하나 되는 하늘 길인 것을
어서 오게, 어지러운 잠자리에서 뒤척이지 말고
풀꽃이 반겨주는 들길로 오게

망우초(忘憂草)*를 보면

– 尙州(234)

시름을 잊게 한다는 망우초를 보면
문득 생각나는 시인이 있네
당쟁과 임란으로 어지럽던 시절
바르고 곧은길을 걸어가신 선비
4살적 아주 어린 나이에
구름은 푸른 산머리를 가두고
연기는 저문 강 허리를 가르네*라고 읊은
시재(詩才)가 빼어난 이재(頤齋) 조우인(曺友仁) 선생은
시로서 두 번이나 화를 입었으니
누가 시를 여리다고 하는가
누가 시를 눈물이 마른 흔적이라 하는가
시를 벗 삼아 몇 십 년을 보냈어도
시 사랑은 저물녘 빈 하늘의 아쉬움으로 남고
높이 돋아나서 눈짓하는 별꽃인 것을
시인을 가리켜 사막에서 풀을 찾는
어리석은 자라고 하더라도
외롭고 기나긴 밤에 화톳불을 다독여 살리듯
시를 모시는 화두는 멈출 수 없나니
사나운 바다에서 진 우리의 꽃들을 생각하면
시름을 잊지 못하는 생우초(生憂草)일 테지만
가늘고 긴 꽃대가 생명줄이듯
기다리는 마음의 시는 지울 수 없나니
어린 소년이 나팔을 부는 모습같이 청초한
망우초 꽃피는 여름이 오면
생각나는 소나무의 시인이 있네
아! 못 잊을 사월의 사람들이 있네

*망우초(忘憂草): 근심과 걱정을 멈추게 하는 망우초는 원추리라고도 함. 이른 봄에 싹이 돋아 여름에 꽃 피우는 원추리. 야산에는 붉은 빛을 띤 왕원추리, 깊은 산에는 노랑빛깔의 큰 원추리, 각시원추리가 많이 피어남.
한 형제가 부모를 여의고 슬픔에 잠겨 눈물로 세월을 보내고 있는데 형은 슬픔을 잊기 위해 부모님 무덤가에 원추리를 심고 동생은 난초를 심었다. 세월이 흘러 형은 슬픔을 잊고 일했지만 동생은 슬픔에 잠겨 있어서 부모도 안타까웠던지 꿈에 나타나 '슬픔을 잊을 줄도 알아야 한다' 고 일렀다. 그 뒤 동생도 망우초를 심고 슬픔을 잊었다고 한다.
분꽃이나 나팔꽃처럼 아침에 피었다가 저녁이면 져버리는 망우초. 조선시대 신숙주도 시를 통해 '가지에 달린 수많은 잎처럼 일이 많지만 원추리로 인하여 모든 것을 잊었으니 시름이 없노라' 고 예찬했다. 이재 조우인 선생(1561~1625)도 '망우초 뜰에 가득함을 차마 견디지 못하네' 「직분사소견(直分司記所見)」으로 광해군이 인목대비를 축출한 비인륜적 처사를 풍자한 시와 광해군이 영창대군을 죽음으로 몰자 이를 풍자한 「형제암(兄弟岩)」을 지어 두 번의 시화(詩禍)를 입기도 했다. 고고한 선비로서 정의롭게 살다간 이재선생과 오늘의 추락한 국민의식 그리고 4월 16일 세월호의 비극을 겹쳐 보았다. 망우초를 보며 슬픔을 딛고 굳세게 일어서야 할 때이다.

*운수벽산수 연할모강요(雲囚碧山首 煙割暮江腰)

이백기경상천도(李白騎鯨上天圖)*

– 尙州(248)

문득 추사가 쓴 시경(詩境)이란 말이 떠올랐다

시로서 열리는 경계가 어디쯤일까
언어를 벗어나면 티끌에도 걸림 없이
시가 나뭇잎처럼 펄펄 날리고 눈발처럼 어지럽게 날리고
시 세상이 없으면서도 있는 시 세상이
가득 찬 듯 텅 빈 듯이

잠방이 소매 걷어 올리고 하얀 술병 맨발 앞에 두고
외씨 붉은 눈에 곧은 수염의 잉어 등에 올라
이백처럼 연잎 모자 쓰고 날 수만 있다면
요동치는 거센 물결 헤치고
하늘 오를 수만 있다면

시가 저녁노을로 피었다가 사라지고
차갑고 어둔 벽속에 갇혀 손발이 저리다 하더라도
손잡이가 달린 의자도 깃이 달린 모자도 아랑곳없이
저 세상으로 가는
자적(自適)의 시를 놓을 수 없나니

언젠가는 상서로운 봉새의 등을 타고
구만리장천을 훨훨 날아 이름 없는 별나라에도 시를 심어
상상이 미치지 않는 온 누리에
시의 별이 반짝이게 할까
억실억실한 모습으로 자유롭게 자전을 할까

*이백기경상천(李白騎鯨上天)은 남장사 극락보전 왼쪽 상단에 있는 벽화. 이태백이 큰 물고기의 등 위에 타고 하늘 오르는 그림. 옷소매와 바지를 반쯤 걷어 올리고 손은 무릎을 짚어 약간 웅크린 채로 정면을 응시하는 날렵한 자세, 머리 위엔 푸른 연잎 모자를 썼고 허리띠는 뒤로 날리며 맨발 앞에는 하얀 술병이 두 개 지느러미에 걸쳐있다. 곧은 수염이 쭉 뻗고 외씨 모양의 눈과 가로지른 입은 붉게 충혈 되어 성난 듯 힘찬 기운이 솟구치는 큰 잉어. 거센 물살을 헤치고 나아가는 역동적인 그림이다.
그림의 주제는 '이태백이 세속을 벗어나서 자유롭게 노니는 모습'. 잉어의 등 위에 올라탄 이태백은 여유 있게 물결(세상 풍파)을 헤치며 나아가고 있다. 어변성룡(魚變成龍)의 말대로 벼슬과 출세를 상징하는 잉어. 통쾌한 자유인의 기상과 시선(詩仙)의 경지를 보는듯하다.

후투티를 위하여

– 尙州(254)

큰일이 있을 때는
누군가에게 현몽을 한다지
백 년 가까이 어둠의 곳간에서 잠자든
상주은척동학교당 정신의 유산을 널리 알리는 날
너도 감응을 했구나
머리에는 하늘 우러르는 관모(冠帽)를 쓰고
예복을 갖춰 입고 왔구나
철벽같은 건물들 빼곡히 들어찬 막힌 공간에서
미로 같은 길, 용케도 찾아왔구나
한 자, 한 획, 한 뜸이 새 생명으로 피어나는 자리
그에 어울리는 괘상(卦象)으로 치장을 하고
북녘에서 먼 먼 길 날아왔구나
여기는 젊음이 넘치는
새 아침을 열어가는 뜨거운 곳
겨울을 녹이는 입김이 새싹을 돋게 한다
고통 없이 사는 삶이 어디 있더냐?
캄캄한 밤길 걷듯 외가닥 줄타기 하듯
그렇게 살아온 게 아니더냐?
오늘 여기 있음도 고마운 일일지니
무섭고 사나운 덫을 넘어
가려무나, 영세불망(永世不忘)의 주문을 안고
봄이 오는 자작나무 우거진 숲으로

*2014년 12월 19일 초겨울 경북대학교 우당교육관에서 '상주은척동학 기록물의 가치와 위상에 대한 세계기록유산 등재추친 국제 학술대회' 가 있던 날. 고층건물이 빼곡하게 들어찬 대학 구내, 정원 향나무 아래에 후투티가 모이를 줍고 있었다.
후투티는 후투팃과에 속한 새로 몸길이 28cm, 날개 길이가 15cm 정도. 몸빛은 분홍색을 띤 갈색이며 날개와 꽁지에 흰색과 검은 색의 줄무늬가 있다. 머리에는 눕히고 세울 수 있는 크고 긴 깃털이 있고 머리깃털을 펼칠 때는 인디언 추장처럼 보이는 새. 4-6월에 나무구멍 속에 5-8개의 알을 낳는다. 길고 아래로 굽은 부리를 이용하여 작은 곤충을 잡아먹고 산다. 지상 3m 정도 높이로 날고 나는 속도가 느린 편. 한국, 중국, 만주, 시베리아 등지에서 번식하며 겨울에는 남쪽으로 내려와 월동한다. 학명은 Upupa epops.

마티아* 님에게 드리는 편지

– 尙州(258)

이렇게 제목을 달고 먹먹했습니다
마티아 님이 순명하신 지 148년이 되었습니다
얼음장 같이 차가운 상주감옥에서
홀로 설 수 있다는 서러운 서른의 나이로 가셨으니
밤낮으로 박해 받던 어둡던 시절
천주님의 가르침을 복음으로 삼아
칼레 신부님의 말씀을 목숨으로 삼아
불 밝힌 믿음의 등불
가난한 사람들에게 부유함이 되고
불안한 사람들에게 평안함이 되며
슬픈 사람들에게 기쁨이 되어
변두리 척박한 땅의 거름이 되셨습니다
신앙은 온몸 바쳐 사는 일이자
어두운 동굴 속으로 비쳐드는 한 줄기 빛인 것을
궁핍한 시대 목마른 사람들
우리 사는 이 땅의 안식인 것을
설령 기운 산비탈의 외딴 겨울나무라 할지라도
가슴으로 파고드는 모진 눈바람을 재워
따뜻한 화평의 세상이 되게 할지니
하늘나라에서 영생하실 복자님
참 용기를 보여주신 우리 마티아 님
당신의 믿음이 푸른 신록으로 피어나는 오월
이제야 늦은 기도의 편지 올립니다

*마티아 박상근(1837~1867)은 문경의 아전으로 프랑스 파리외방전교회 소속 칼레(N. Calais, 1833~1884) 신부의 피신을 헌신적으로 도우며 복음을 전파하다가 체포되어 상주감옥에서 순교함. 상주시 성동로 17번지 남문시장 옆 자리에 순교 성지가 있음. 2014년 8월 16일 광화문광장에서 프란치스코 교황으로부터 안동교구에서 첫 번째 복자로 시복됨.

박찬선

1976년 현대시학 추천 등단
시집 『돌담 쌓기』 『상주』 『세상이 날 옻을 먹게 한다』 『도남 가는 길』, 평론집 『환상의 현실적 탐구』, 설화집 『상주 이야기』
경북문화상(문학부문), 이은상 문학상, 대한민국향토문학상, 한국예총공로상 수상
한국문인협회상주지부장 및 경북지회장, 국제펜클럽 한국본부 경북지역위원회장 역임
현 한국시인협회 회원, 한국문인협회 부이사장

안경점에 간 사회복지 외 4편

박창수

뜨거운 아스팔트를 돌아
왕산공원 산책길을 걸어간다
공원벤치에 할머니 한 분이 누워 계신다
얼굴은 말라서 껍질만 남은 앙상한 나무와 같다
종이가방을 머리 위에 놓고 눈을 감고 기다린다
누구를 기다리는 걸까?
사회복지는 올 것 같지 않다
공원 정자 위에 강아지 한 마리가
통통한 뱃살을 내놓고 꼬리를 흔들며
윤기 있는 털을 자랑 하며 놀고 있다
멀리서 강아지 부르는 소리가 들린다

마트에서 놀러온 수제비

마트에서 온 수제비는
반질반질한 얼굴을 닮은 것처럼 매끈한 것을
우물우물 한참 만에 목구멍으로 넘어간다
손수 빚은 작은 수제비는
무더운 여름날에 장작 피운
가마솥에서 뜨거운 하얀 김을 날린다
구슬 같은 땀방울이 밀가루 반죽에 입맞춤을 한다
수제비는 풍덩 풍덩 다이빙을 하고
구수한 감자수제비 한 그릇을
게눈 감추듯 한다

시간을 붙잡는 노부부

구봉산 공원 벤치에 앉아 있는 노부부
새벽녘 동틀 무렵에 그 시간이 지나도
서로 떨어지기 아쉬워
두 손을 잡고 일어서서
숨소리를 주고받는다

노부부는 둘이나 발자국은 하나
오늘도 노부부는 시간을 붙잡는다

아흔 세 살의 노인

새벽 공기 마시러 나가면
향교동네 입구에서 만나는
아흔 세 살의 노인은
마른명태 두들기는 소리 나는 곳에서 볼 수 있다
마늘 밭에서 물을 주고 서있는 노인
동네 쓰레기장에서 연탄재를 버리는 노인
하루도 쉬지 않는 부지런한 노인
어느 날 보이지 않아 물으니
임플란트 하러 서울 갔단다
그런데 울면서 가셨다고 한다

탈

나무는 비가 와도 우산을 쓰지 않는다
나무는 바람이 불어도 뒤돌아서지 않는다
나무는 눈이 와도 숨지 않는다
나무는 불이 나도 달아나지 않는다
나무는 뜨거운 햇볕에도 가리개 하지 않는다
나무는 사시사철 탈을 쓰지 않는다

박창수

한국문인협회상주지부 회원
시노리 회원

낙엽 외 3편

신동한

낯설고 두려운 나이의 숲가에서
난 그저 매달린 채 적막을 기다린다
땅바닥에 나뒹구는 내 이름을 바라본다

마지막 숨을 죽인 초록빛 성욕들이
현기증 속으로 떠오르다 떨어지고
마음속 마른 가지가 소리 내며 부러진다

먼 산의 비문(碑文)들이 나지막이 울먹이며
어스름의 앞가슴을 후드득 적셔올 때
겨울은 먼발치에 이정표를 깔고 있다

초승달

뒤집어
벼린 밤을
다시 한 번 뒤집어서

금은화 비린 웃음
한줌 깊이
베어 내고

굽은 생
펴지 못한 채

조선낫이 된
아버지

자식에게

내가 널 어떻게 키웠는데……
아니다 아직
너에게 나의 마음을 다하지 못했나보다

언제쯤이면
전생에 너에게 준 마음의 아픔이
메워지겠니

나의 삶이 다하기 전
내 마음을 두엄처럼 썩이어
네 앞길을 기름지게 하고 싶다

내 생명의 등잔 기름이 다하는 날
나의 뼈를 꺾어 너희의 꿈가지를 받쳐 주는
받침대가 되고 싶다

내 홀로 그믐밤 바다 같은 세상을 허우적거려도
너희의 이념 속에 우뚝한 포석으로
항상 자리하고 싶다

벽

당신에게서는 벽을 느낄 때
일부러 허물지 않으렵니다
내 안에서도 벽을 세울 마음이 싹트고 있으니까요

틈날 때마다 한 번씩 그대의 벽에 기대어
생각에 잠깁니다
단단한 그 어딘가에 틈은 있겠지만
지난 얘기할 수 있도록 비워 두겠습니다
혹시 벽 너머에서
혼잣말처럼 사랑했었다라는 독백이
들릴지도 모르잖아요

당신의 벽 밑에 인동초 몇 그루 심고
인고의 세월이 흐른 뒤 흐트러질 때
아, 내 마음의 벽도 꽃잎에 묻히겠지요

당신의 벽도
당신의 두터운 상처일까봐
결핍으로 완강한
내 마음의 벽을 더 이상 쌓지 않으렵니다

신동한

실천문학 신인상, 옥로문학 신인상 수상
현) 상주 함창우체국장
시집 『새재 내리는 눈』 『아버지의 의자』

가을의 전설

– 제54회 춘천국제마라톤 완주기

오세춘

나는 오늘도 달린다. 강물결 따라, 마음길 따라,
늘 그 길이지만 어제의 그 길은 아니다. 언제나 새로운 나의 길.
나무와 구름과 하늘이 하나 되는 나의 마라톤.

오늘은 이만 명이 넘는 건각이 빚어내는
이만 개의 이야기, 춘천국제 마라톤!
한 걸음마다 기부되는 '골드라벨대회'의 따뜻한 자부심을 안고
맑은 공기 마시며 완만한 경사를 힘껏 달린다.
의암호를 물들이는 만산홍엽은 축하 메시지인 양 정겹고
아름다운 그림 위에 땀으로 수를 놓는 우리들은 스스로 빛난다.

맑고 고운 학생자원봉사자
내 발걸음을 이끄는 페이스메이커
조근조근 유능한 통역봉사자
우리를 지켜주는 교통봉사자와 의료지원봉사자
신나게 힘을 주는 축하공연단들이
물과 박수를 건네는 넉넉한 춘천시민들

사랑의 힘으로 함께 달리는
대회를 빛내는 숨은 진주들이 고맙고
달리면서 만나는 상념의 조각들이 반갑다.
달리면서 나는 삶의 가벼움을 강물에 띄워 보낸다.
몸인 듯 마음인 듯 하나 되어 달리면서 나는 어느덧 저 강물이 된다. 저 나무가 된다.
강물보다 투명하게, 단풍보다 붉게, 물드는 마음.
뽀얀 안개를 가슴에 품었다가 완주 후에 펼쳐 보이리라.

출발의 설렘이 익숙한 고통으로 나를 잡는다.
숨이 턱에 차오르는 가로수.
힘을 내자. 힘을 내서 견디자.
가로수 몇 그루 출발점을 향해 달리고 있다.
너희들도 숨이 차겠다.

긍정이 흐르는 북한강과 온화함이 빛나는 소양강을 따라
달리자 우리, 같은 마음을 만나러 가자.

나는
지금
달린다.
나는 어디 있지?

돌고 도는 세상

나는 '풍뎅이'를 찾아 떠나네, 행복이 있는 그곳으로
절대의 고요 속에 누워있는 초등학교 하굣길
아이들이 모여 풍뎅이를 돌리고 있다
'나는 누구인가' 답을 찾아 더 깊이 내면으로 침잠할 때,
현상계가 사라지고 아상이 소멸할 때
절대 청정 속에 떠오르는 순수한 앎,
고흐가 해바라기를 그리고 있다
풍뎅이 도는 힘으로 지구가 돌아간다
사래 긴 밭 일하시던 동네아저씨
너희들 지금 뭐하고 있냐?

갑장산

눈서리 몰아쳐도 말없이 서 있는 나그네
누구를 기다리는지 고요히 웃음 짓는 모습
기억이 잊혀질까봐 푸리디 푸른 저 소나무
햇살로 머물고 싶어 잠시 뒤돌아보는 저 푸른 나그네

히말라야

태고의 신비를 품고 늘 그 자리에
본분을 다하는 이웃집 아저씨

내 발자국 소리에 고개 들어 인사하는 여린 촉
성숙한 여인의 가냘픈 허리인 듯 우아한 선
선비의 절개인 듯 곧고 푸른 줄기

하늘 끝에 닿고 싶어 한껏 팔을 뻗는다
승무처럼 피어나 나를 보며 미소 짓는다

새롭게 피어오르는 만년의 향기 품고
맏형의 자리, 언제나 고귀하게 서 있구나

오세춘

경북대 사범대 수학교육과 졸업
경북대 교육대학원(수학교육) 석사 과정 졸업
상주여자고등학교 재직 중
한국문인협회상주지부 회원
시노리 회장

인동초 외 3편

윤종운

인동초처럼 살아가는
그 향기를 아시는지요

나, 그대처럼 살다
내 품속에 고이 잠듭니다

사랑도 아픔도
내 품속에 있으니
나 행복합니다

희망을 드릴까요
소망을 드릴까요

우리 엄마

등 굽고
다리 절뚝한
할머니를 보았다

너무나 닮은 우리 엄마

흰머리에
실버카를 끌고 온다

엄마 같아서
한참을 기다렸다

아내 사랑

감정이 풍부해서
정서가 넘쳐서
아름다움이 많아서
눈물이 납니다

가슴이 아프고 외롭고
허전한 생각은
당신이 너무나도
잘 살아왔다는 증표입니다

울고 있는 당신
너무 울다 보면
아름다움이 미움으로 변할까
무섭고 두렵습니다

웃은 얼굴 주름진 얼굴에
행복이 뜸북 담고 있습니다

산사(山寺)

부드러운 산마루 앉아서
인고의 세월로 다진 주름살에
고목이 예쁜 꽃 피우고 있네

개골 따라 흘러가는 물줄기는
꽃님도 마시고 가고 벌레도 마시는 가네
기암 속에 펼쳐진 이야기는 천년만년 흘러가네

물방울들이 암석을 갉아먹고 있네
실낱같은 소망과 간절한 기도에 묻힌 암자도 있네

사계절의 화려한 단장에
백 번이고 천 번이고 그리움으로 변하네

한 장의 사진 속에
한 줄의 글속에 오래도록 간직하리라

윤종운
상주문인협회 회원

봄을 읽다 외 4편

이미령

창녕 말흘리 태암 선생 댁
서둘러 달려온 봄이 다리 뻗고 앉아있다

봄볕은 마당 구석구석 기웃거리며
꽃망울 몇 개 터트려놓고 흥얼흥얼

긴 우울증 끝내고 바깥으로 나온 진진이*
모닝커피 향 진하게 코끝에 올려놓자
솜털바람 진진이 등을 타고 놀고 있다

목단꽃 닮은 화가 사모님
텃밭에 호미로 그리는 그림
연둣빛, 분홍빛으로 깨어나는데

화왕산 그림자 슬며시 내려와
툇마루 나와 앉은 고서를 어눌하게 읽고 있다

*태암 선생께서 붙여준 진돗개 이름

버려짐에 대하여

어둠이 잿빛 발로 걸어오는 저녁 어스름
전봇대 아래 박스에 담긴
강아지 한 마리 낑낑거린다

툭, 낯선 세상에
툭, 썩은 모과처럼 처박힌
그의 눈은 눈곱 반 눈물 반
엉치털 숭숭 빠져나간 자리에
십 원짜리 동전 크기만 한 선홍빛 도장자국

버려진다는 건 어둠의 사막을 맨발로 걷는 일

검은 꽃과 검은 나무와 검은 하늘과 검은 햇빛
검은 웃음과 검은 눈물과 검은 말, 말들
긴 터널 건너와도 기억 저편 얼굴들은 검은빛 투성이

세상의 죄 죄다 끌어안은 눈빛으로
갈 곳 잃은 강아지 한 마리
벼랑 끝 목줄 잡아당긴다

흐린 눈 크게 뜨고 반달이 따라온다

순식간에

늦가을 오후 딸아이 데리고 오는 길이었지요 잠깐 들른 칠곡휴게소에서 재잘대는 부리 바라보다가 그만 마지막 계단에 발이 걸렸는데요 순식간에 기역자의 몸으로 엎어질 듯 엎어질 듯 앞으로 돌진하였는데요 하필이면 다리 벌리고 서 계시는 낯선 아저씨 다리 사이에 머리를 처박았지 뭡니까 양손은 아저씨 두 다리를 꼭 붙잡고 있었지요 깜짝 놀란 아저씨 다리 후들거리며 내 머리를 꽉 잡았는데요 나는 더 놀라 얼른 머리를 확 잡아뺐지요 그 아저씨 개구리처럼 튀어나온 두 눈 보니 우황청심환은 내게만 필요한 건 아니었어요 남편은 실실 웃으며 왜 남의 남자 가랑이 속으로 기어들어가냐며 타박을 하였는데요 웃음인지 눈물인지 낄낄대는 바람은 쿵쿵 뛰는 내 심정을 읽었겠지요 좋아하는 커피 한 잔 마셨는지는 알 수 없고요 그 아저씨 가랑이 사이에 뭐가 있는지도 궁금하지 않았어요 다만 칠곡휴게소 단풍나무가 왜 순식간에 타올라 온몸 그렇게 붉어지는지 그제서야 겨우 깨달았지요

오월이면 구룡포에 갈라네

찔레꽃 하얀 울음 흩날리는 날
파란 머리칼 풀어헤친 바람이 달려오면
문득 바닷가 보리밭 휘파람소리 들려오네

옥양목 보따리 양손 가득 든 구름은
돌아올 길 거슬러 먼 곳으로 떠나고
잠시 허리 구부려 발밑 풀들에게 갈 길 물어본다네

해송 그늘에 신발을 아무렇게나 벗어던지고
모래밭 어슬렁 어슬렁 걸어 다니다
슬쩍슬쩍 바닷물 적시며
소라껍데기 조개껍데기 줍다가 그것도 지치면
폐선에 기대어 갯메꽃이랑 룰룰루 노래를 부르리

작약꽃 붉은 얼굴로 지키는 빈집들
헐렁한 빨랫줄에 눈물 널어 말리다가
담쟁이 돌담 골목에 앉아 사연을 훌쩍이다가

석양이 내려오면 막걸리 서너 병 둘러메고
당사포 권 시인의 작은 글방으로 스며들겠네
걸쭉한 사투리 활어(活語)를 낚으며
몰려온 별무리들과 밤을 지새우겠네

오월이 오면 나 구룡포로 갈라네

북어의 자세

식당 출입문 벽 위
실에 묶인 북어 한 마리 누워있네

출렁이는 울음 안으로 안으로 말리고
텅 빈 허공에 눈빛으로 탑을 쌓고 있네

사소한 일에 노심초사 동동거리는 나를
헛헛한 웃음으로 내려다보고 있네

물결무늬 또렷한 몸 꼿꼿이 세우고
깜깜한 밤중에도 홀로 깨어있네

이미령

경북 상주 출생
2014년 시집 『문』으로 등단

이사 외 4편

이승진

형편이 녹록치 않던 우리 엄마는
말리는 아들 뒤에 두고
평수 적은 아파트로 이사를 갔다

시집 와서 꼭 한 번 해보는 엄마의 이사
허리가 휘도록 살아온 큰살림 옮기는데
짐이 너무 가벼워 나는 울었다

솜처럼 따뜻했던 겨울안개 속
안개인 삶 개인 날 기다리며
아파 – 터
여섯 평으로 떠나는 엄마

내려서 가져가기

어른 네 분 KTX 타고 서울 가시며
'내려놓기' 주제로 열띤 토론 하신다

멈추지 않으면 내려놓기 곤란한 줄 다 아는 열차는
설익은 가을처럼 귀를 막는다

종착하기도 전에 일어서
머리 위 짐칸 열고 서둘러 짐 내리는 어른들

큰 짐은 메고 작은 짐은 들고
손수 들고 다니시던 몸도 내려서 가져가신다

짐 다 내려놓은 열차만
빈 몸으로 서성이는 서울역

새

목련꽃바람 툭툭 새어
바닥까지 내려오는
신흥동사무소 휴게소 앞

고장 난 수도 물이 새고
멧새 한 쌍 날아와
물 마시는 새 봄이 온다

새는 물이 새를 먹여 살린다고
새는 강이 세상을 노래한다.
새는 것은 모두 아름다운 눈물이라 한다
고장 나서 새는 물이
봄을 먹여 살리고
새는 물 한 보따리 가만히 풀어
가난한 세상을 적셔 보자는 저 은빛 다행

아버지, 적십자 병원에서 고장 난 전립선에
호스를 꼽던 봄날이었다

졸음 쉼터

누구나
잠시 졸다가는 지구

졸음 쉼터에 나를 세우고
졸고 가는 한 세상

산도 졸고
구름은 그 산에 기대어 졸고

보는 일

너를 보는 일은

빈손으로 아득한 빈을 만져보는 일
텃밭 잡초 자라는 소리 들어보는 일
가을이 모른 체 지나간 그 그리움 맛보는 일
그대 흔들릴 때마다 심했던 달 향기 맡아보는 일
심심한 별의 액정화면 뚫어지게 바라보는 일

더 살아보는 일
더 살아 너를 보는 일

이승진

경북 상주 출생
시집『사랑 박물관』

물방울 외 3편

이옥금

작은 물방울
몸의 부피만큼만
주변을 적실까
햇빛에 증발하여
없어져버리는 물방울

먼지알갱이 모이면
태산도 이루는데
작은 물방울 증발하여 없어지면
구름 되었다가
한줄기 소나기 되는 것을

겐지스강에서 한 컵 물을 떠내었다는
테레사 수녀의 말이
지구를 돌고도 남아
병든 자의 욕창을 씻기고도 남는데

한 방울 물의 존재가
아주 없어지지 않는 원리
물질불변의 원칙이라면
비록 작더라도
필요를 기다리는 거기에
작은 물방울이고 싶다

나루

사람 태운 버스가 배를 타고 건너던
토진나루
지매 짚던 사공
굽이도는 물결 따라
남쪽나라 어디쯤 갔을까

강창나루 빈등 하던 겨울
모닥불 피워 마음 녹이고
얼음위에 꼼지락거리던 발가락
허기진 가난 이고
얼어붙은 강물 위를
줄을 타는 광대처럼
아슬아슬 건너던 고향나루
전설을 간직하듯 표석만 남고

봄이면 벚꽃 만발하는 강창나루공원
오늘과 내일의 역사를 잇듯
새로 놓인 교량 위를
기억의 꼬리 자르며 자동차 지나간다

가을

첫머리에 부르고픈 너의 이름
감추는 나의 수사법은
그냥 백간(白簡)
봉인되지 않은 침묵이다

네가 온다는 기척 나는 알지
소매 끝에 스미는 바람
청량음료같이 싸-아한
겨드랑이에 숨는 너의 그리움

장례행렬 덧없음을 헤아리던
공상에 빠진 그녀가
벽에 붙어있는 마지막 잎을 보고
나폴리 만을 그려 보겠다던
그녀의 희망처럼

마지막 잎이 벽에 걸려 있을 때
말없이 너도 떠나려 할 때
그때 나는 너를 위해
환희의 송가를 부르리라
아람* 들어 수줍은 사과를 따면서

*아람: 과일이 익을 대로 익어 저절로 떨어지는 상태

갯바위 난간에서

삼천포 화력발전소 굴뚝에서
하얀 연기구름 바람 따라 흘러가고
먼 산 잿빛으로 다가와
거기도 섬이라고 가까이 오라 하네

여기까지 산 여기까지 바다
갯바위에 굴 껍질 다닥다닥
고생대의 흔적 보네
파릇한 파래 볼똑볼똑 톳 잎을
미역 잎이 만져보네

반석처럼 반반한 바위
움퍽 패인 작은 물그릇들
썰물 지나간 조수의 흔적
상괭이*·참돔·볼락·전어들
뛰어노는 커다란 수족관에
나도 여기 빠져있네

* 상괭이: 토종 돌고래

이옥금

호: 진주(眞珠)
국군간호사관학교 졸업, 육군병원 근무
경북의대 chp 과정 수료, 보건진료소장 정년퇴임
지필문학회원 신인문학상(수필부문)
한국문인협회 회원(시), 한국공무원문인협회 회원·이사
(시 등단)
글벗문학회·상주문학·경북문협 회원

소원 외 4편

홍소 이창한

한 많은 세상
눈 아래 깔고 보는 법
원하는 것 바라는 것마다
채워줄 수 없어
두 손 내밀고 끝없는 하소연
큰 귀 열고 들어주는
돌은
버티고 앉아서
침묵으로 대답한다

그까짓 것 식은 죽 먹긴데

불가근불가원이라고
내 속 너무 가까이 들여다보지 말고
네 모습 안 보이듯 멀리 두어
전심(全心)으로 절(切) 하면서
돌처럼 버티다 보면
바람 따라 들려오는
진리의 말

그까짓 것 식은 죽 먹긴데

꽃 앞에 서서 고른 숨 쉴 수 있을까

맥박이 멈춘
마른 나뭇가지 사이에
끼여 있는 발버둥
보이는 현상 뒷면을 꿰뚫는
시선의 본질이
허겁지겁 숨을 고르느라고
앞단추도 채우지 못했다

추위가 엄습한 지난날
손가락으로 헤일만큼 남은 날들
가슴에 담기 전에 날아가 버린
한쪽 벽이 허술한 공간이었다

잠시 멈춘 찬바람이
미풍이라고 착각하는
거짓은 우아하게 가슴 펴고
꽃으로 피어난다

벚꽃길에 서본다

3월이
2월의 어깨 툭툭 치며
잘 가라고 떠밀기엔
아직도 미련이 있어

미숙한 날
꽃을 보기로 한 약속 있기에
눈 찡긋하고 보내는 매정함
색깔 달라진 벚나무 잔가지
연둣빛 물오르는 몸 안에
움찔 움찔 꽃 물드는 즐거움이
간지럼 타고 있다

따순 봄볕에 맨몸 드러내 놓고
눈감고 있다고 아무도 안보나
새순으로
노랗게 더듬고 나오는
생명의 짓거리

발칙한 것들……

그래도 가야 한다면

거룩한 하루의 노을이
버티고 선바위 위에 걸터앉아
붉은 망토를 씌우고 있다
핏빛으로 태어난 생명들은
지나간 시간 뒤에 나란히 서서
소멸해가는 순서를 기다리고 있다

확연히 구분되는 영구차의 검은 천자락
바람은 움직이는 것을 보여주고
만져지지도 않는 사멸의 구릉을 넘어
부드럽게 사라진다

어두워 분간 못할 것이라는 예측을 뒤로 하고
눈감고 익숙한 걸음걸이로 동행하는
삶과 죽음의 통로에 선 무리들
늘 시작은 그랬다

영원히 소멸되지 않을 거라는 가정 아래
허허로운 생명의 경계에
가늘게 묶여 있는 눈물 스민 연민

우리는 모두 집을 떠난다

아부지 전화

여– 여보시요
그래… 나다… 으으
밥은 머근나
… 그시기…
통지포 잘 바닸다
저녁다배 조합에서 돈 부쳤다
차자서 쓰그라… 그래
애끼서 쓰라 아랐나?
그래 방은 뜨시냐
극증 말그라… 그래
오냐 지낄거 업따
나… 바쁘나
드러가그라
…
으흠!!

이창한

경북 상주 출생
문예사조 등단
한국문인협회상주지부 회원

수련 외 4편

정재훈

예쁜 것만 보고
예쁜 것만 생각하자던
친구가 있었습니다
지금은 어찌 지낼까
그러고 보니
그 친구의 이름이 가물가물

수련, 밤이면 꽃잎 접어 잠들고
낮에는 활짝 피어 다가오는데
밤에는 그리움도 접는 걸까

예쁜 것만 보여주고
예쁜 생각만 남기려나
수련, 아무도 모르게
아무도 볼 수 없게
물속에서 꽃이 집니다

만남의 인연에서
잊히는 이름들을
예쁜 추억만 남기는
수련이라 부르겠습니다

*수련의 꽃말: 신비, 청순한 마음

거듭나다

– 곶감

거듭난다는 것은
태중의 모태 상태로 돌아감이 아니라
변하는 것이다
세상에는 거듭남이 많다
애벌레가 탈피하여 나비가 되고
신앙으로 거듭나서 새 사람이 되고
짐승처럼 울고 난 뒤
다른 삶을 살기도 한다
감, 태초부터 사람이 취하여
먹을 수 있는 과일이다
껍질을 벗으면 거듭남일까
수확한 감을 그냥 두면 홍시인데
칼을 댄다
마취주사도 놓지 않고
껍질을 홀딱 벗기는 성형수술을 한다
아프냐고 묻지도 않는다
벗겨지고 변해야 하는 운명인 듯
감은 비명조차 잊고 기절한다
정신을 차렸을 때는
건조대에 대롱대롱 매달려서
몸속에 남아있는 체액
힘없이 빠져나오는데
찬바람 스치며 이마저도 날려버리며
삶의 무게를 줄인다
얼마나 벗겨지고 버려야 거듭날까

얼었다가 녹기를 거듭하며
속살을 달콤하게 만드는데
북풍한설 오기 전에
거듭남의 수행을 마칠 수 있을까나
올해도 어김없이 감을 깎는다
곶감, '맛나게 거듭나라' 하고는
버리지 못하는 욕심은 뭘까?

쇠뜨기

그냥, 흔한 잡초라오
아무도 눈여겨보지 않는
그냥, 흔한 잡초라오
흔함은 질긴 생명력의 결과
제초제에 두들겨 맞아도
생명의 끈을 놓지 않는
난, 그냥 흔한 민초라오

한번은 예쁜 잡초라오
아무도 눈여겨보지 않지만
한번은 예쁜 잡초라오
봄, 시린 눈꺼풀을 비비고
흙을 뚫고 기지개할 때
다시 살아남을
다시 호흡함을 알리는
메시지 들리나요?
내 맥박소리 전해지는 지금이
한번은 예쁜 봄이라오.

*쇠뜨기의 꽃말: 애정, 순정, 조화, 거짓

담쟁이

아무도 담쟁이의 움직임을
알지 못해요
오르지 못할 벽이라고
쳐다만 보는 곳도
절대 포기하지 않지요
느림의 미학을
오름이라 하렵니다

아무도 담쟁이의 언어를
들을 수 없어요
벽을 따라 움켜쥔 덩굴손
소리 없이
가을을 태우는데
곱게 물던 단풍잎이
하나둘 떨어지는 날
안간힘 쓰며 부여잡은
덩굴만 남겠지요

아무도 몰랐습니다
오십 대 중년에
시인이 되어 시를 쓸 줄
나도 몰랐습니다

*담쟁이의 꽃말: 아름다운 매력

개망초

세상에, 개망초라니
붙여진 이름이
망할 망 자에
개 같은 풀이라니

하필이면 나라가 망할 때
흐드러지게 피었느냐
천지도 모르고
눈치도 없이 그렇게 피었느냐

낙인처럼 찍힌 이름
후대에도 널리 뿌려지리니
귀 없고 눈 없는 네가 알 수 있으랴

거울을 본다
내 이름 석 자에는
벌, 나비 다가올 향기 있나

*개망초의 꽃말: 화해

정재훈

상주 출생
2015년 한맥문학 등단(시)
신시각동인회 회원
한국문인협회상주지부 회원

발 외 4편

조재학

거울에 붙어있는 초파리 몇 마리
깨알 같다
한 깨알이 한 깨알의 꽁무니에
슬그머니 다가간다

깨알이 깨알의 발을 오른쪽 왼쪽 내밀며 간다
깨알이 깨알의 발로 꽁무니에 바짝 붙어
직선으로 곡선으로
발바닥을 찍으며 간다
초파리 향기를 휘날리며 간다
허덕허덕 간다
별빛을 튕기며 간다
우주를 밀어내며 간다
빨간 눈으로 간다
씨앗으로 간다
점을 찍으며 선을 굴리며 간다
깨알의 피리를 불며 간다
얼음강을 건너듯 간다
앞 세기를 밀며 간다 뒷 세기를 당기며 간다
실에 꿴 듯 간다
기를 쓰고 붙어간다 저 깨알의 발

카페 그레이스

대한성공회 대성당 마당의 천막 카페에는
북녘에서 온 눈이 커다란 여인이 커피를 내립니다
그녀가 포터필터를 걸고 커피를 내리는 것은

길 없는 길을 걸어걸어 닿은 자유이고
쪽문으로 하늘을 내다보는 그리움이고
혼자 불러보는 노래이고
목이 긴 꿈인지도 모릅니다

GFS우물가 카페 그레이스는 탈북인의 일터입니다
우물가에서 누군가를 생각한다는 것은
세상의 나그네에게 물 한 바가지 건네는 일
그 물 나도 마시는 일
예수님께 물 한 바가지 드리는 일입니다

카페 그레이스는
눈이 작은 기쁨이 키가 작은 기쁨에게 한 잔 커피를 건네고
눈이 큰 아픔이 키가 큰 아픔에게 커피 한 잔 사는 자리
먼저 문을 밀고 들어온 사랑이 나중 오는 사랑에게
손 흔드는 자리입니다

동쪽과 서쪽에서 북쪽과 남쪽에서 커피를 찾아오는 발걸음
걸음은 이들의 꿈을 보듬는 아니,
우리들의 꿈을 보듬는 우리들의 푸른 마음인지도 모릅니다
포터필터를 걸고 커피를 내립니다
눈이 커다란 여인이 커피 같은 하늘의 향기를 내립니다

여행

투명 플라스틱 물병을 쥐고 물을 마신다
어릴 적 바닷가에서 듣던 새 울음 같은 것이 들린다
병을 쥔 손 안쪽이 서늘하다

터미널에는 가방을 등에 진 젊은이들이 공깃돌처럼 모여 웃고 있다

손목을 좌우로 움직여 물병을 흔들어본다
물이 튀어오른다 부서진다 부딪힌다
물의 허리가 병의 안쪽을 친다

공깃돌을 던져 올리며 반짝이던 웃는 유년이 있었던가

물병 안에서 산수유나무 하나가 허리를 세우고 있다
촘촘한 이파리로 불거진 잎맥이 몸을 일으키고 있다
툭툭 터진 목피 사이로 그늘이 고인다

바퀴에 몸을 맡긴 사람들
물병의 허리를 쥐고 비스듬한 수평을 마신다

사가정역

7호선 지하철이 사가정(四佳亭)역에 닿는다
문이 열린다 몇 사람들이 나간다
한 사내가 들어온다 앞에 와 말을 건다

– 우리는 네 가지가 아름다운 정자에서 만나기로 했지요
– 그날이 오늘인가요

– 매화가 피었어 해당화도 연꽃도…… 필 거예요
– 대꽃도 피겠죠

– 사가정역에 사가정은 없어
– 네가 앉았던 꽃밭, 새 발자국, 새의 흰 똥이 있는 사가정은

……

– 새는 제 집을 떠나지 않아
– 새는 웃지 않아

– 우리는 네 가지가 아름다운 정자에서 만나기로 했지요

열차는 문이 열린 채 정차해 있다

매화 꽃잎이 눈보라처럼 문 안으로 날아들고

재채기

감기가 왔나 목소리가 껄껄하네 목에 거미줄이 걸렸나 한 시간쯤 지하철을 타고 한 사십 분을 걸었을 뿐인데 바람을 맞고 다닌 것도 아닌데 목소리의 색이 희미해진다 손이 차갑다 마스크를 쓸까 병원엘 갈까 목티를 꺼내 입을까 고기를 왕창 먹을까 생각하는데 콧물이 뚝 떨어진다
에취 에에-취
내 시가 연신 재채기를 한다
아무래도 병원엘 가봐야겠다

조재학

한국문인협회상주지부 회장 역임
시집『굴참나무 사랑이야기』『강 저 너머』
현) 한국문인협회 제26대 낭송문화진흥위원회 위원

나목(裸木) 외 4편

함창호

철길 옆 오동나무
겉옷 너덜너덜 속살 드러내고
바람에 손발 꺾이고 부러지고
밑동 벗겨진 체 힘없이 서있다

한때는 주렁주렁 자부심 달고
지나가는 기차와 달리기 하고
곁에선 아파트랑 키재기 했죠
하지만 제 몸 하나 간수 못하고
알몸으로 버티는 외로운 나목

딸 시집보낼 장롱 만들려고
밭둑에 오동나무 심었다지만
시대 변했다고 밑동 벗겨내고
줄기에 제초제 마구 뿌렸어도
원망하나 못하는 외로운 나목

썩어가는 뿌리로 온몸 버텨내
새들의 보금자리 지켜주지만
까치는 집나두고 어데 갔을까
빈 둥지엔 슬픔가득 담아두고
쓸쓸히 그리움을 키우고 있다

삼계탕(蔘鷄湯)

몸에 좋은 약재 다 넣고
따끈하게 덥힌 욕탕에서
요염한 자세로 드러누워
출렁이는 물결에 뽀얀 속살
드러내는 그대는 누구십니까?

계림의 숲 금란의 후예들
부화장에서 첫눈을 뜨고
조리원에서 뽀얗게 살 오르면
호송차에 실려 도계장(屠鷄場)으로 가지요

기계에 몸을 맡기면
깃털 코트 벗기고
목을 치고 손발 자르고
흡입기로 내장 빨아내고
빨래하듯 온몸을 씻겨내어
영안실 같은 냉동 창고에서
깊은 숙면 취하다가

삼복(三伏)이 다가오면
온몸에 예쁜 꽃단장하고
하얀 욕조에 몸 담그고
꽁꽁 언 몸 녹이는 그대
속살을 요리조리 살피다가
한입 물고 질겅질겅 씹으며
목욕물 마시는 줄도 모르고
즐거워하는 인간들 보소

잊어야 할까요?

보내지 않았지만
떠나려는 그대
철새처럼 훨훨 날아가게
보내야지 놓아드려야지
수없이 다짐합니다

아픈 마음 감추고
환한 미소 지으며
미련 없이 보내야겠지요

보낼 준비도 못했는데
해보고 싶은 게 너무 많은데
아홉 살 승복이 저기 있는데
아무 말 못하고 그냥 바라만봅니다

세월 흐르면
아픈 상처 옹이로 남고
또 그렇게 살아지겠지요

잊어야 할까요?

– 이승복기념관을 둘러보고

추억

북천 벚나무
무성하던 잎 다 내려놓고
앙상한 가지에 찬바람 달고
임 그리워 온몸으로 울었다

날이 풀리면 임 오실까?
겨우내 꺼두었던 심장박동기
뿌리에서 줄기로 가지 끝으로
그리움 망울망울 꽃을 피웠다

북천 하얗게 벚꽃으로 물들면
꽃잎사이 숨겨둔 파란 추억들
빠알간 버찌로 익어가겠지……

얼굴

하늘엔
구름 몇 조각 떠다니고
따가운 가을 햇살
감 익는 소리 들려오고
서산에 노을 붉게 물들면
하나 둘 숨어있다 나타나는 별들
우리들 가슴에 박힌 사랑의 상처
아픔의 조각들 가슴에 품어
진주보다 빛나는 별이 되었구나

가을밤
하늘에 빛나는 별
아련히 떠오르는 얼굴

함창호

한국문인협회상주지부 회원
시노리 회원

尙州文學

동시

김재수
박정우

봄 외 4편

김재수

아지랑이가
버들강아지 솜털을
피워내는 계곡

바위의 허리를 감고 도는
물소리

천년을 엎드린 바위가
간지러운지
실눈을 뜨고 웃고 있다

웃음소리가
물소리처럼 맑다

5월의 산

산봉우리 봉우리들이
잔뜩 부풀어 있다

하루가 다르게
구름이 피듯
뭉실 뭉실
커지는 산

지구가
힘주어 잡아당기지 않으면
가만히 있지 못할 것 같다

실 놓친 풍선처럼
금방이라도 둥실둥실
하늘로 올라갈 것 같다

아카시아

소나무 참나무에게
좋은 자리 물려주고
속살이 드러나는
언덕배기 허물어진 자리
서러움 가시로 돋아
옹골지게 서 있더니

송홧가루 바람에 실려
바람꽃으로 피는 5월
찔레꽃 마주 보고
하얀 웃음을 나누더니
조롱조롱 흔들어대는
수수만개 외씨버선

뻐꾹새 한나절 울어
목이 타는 숲을 향해
들에서 산으로 오르는
청보리 파도 위에
꿀향기를 쏟아 부어
온 땅을 채우고 있다

배추밭에서

사각사각 갉아대는
배추벌레 한 마리

아이 하나
쪼그리고 앉아
물음표를 던지고 있다

배추에게 묻는지
벌레에게 묻는지
알 수 없는데

가려운지 아픈지
호기심 가득 얼굴로
이따금 제 손등을
자주 긁고 있다

물꼬

하늘로 오르는 다락 논
손잡고 이어서 선 논두렁에
있는 듯 없는 듯 보여도
물이 들고 나는 자리
서마지기 농사가 달린
두 개의 숨통이란다

자식 입에 밥 들어가고
마른 논에 물들어 가는 것
세상에서 가장
보기 좋다고 하더니
콸콸콸
들고 나는 물소리에
벼들이 일어서고 있다

김재수

경북 상주 출생
《소년》 동시 추천 완료
동시집 『낙서가 있는 골목』, 『농부와 풀꽃』
동화집 『사랑이 꽃피는 언덕』, 『하느님의 나들이』
산문집 『트임과 터짐』 등

꽃별 외 4편

박정우

세상이 곤히 잠든 한밤
부스스 잠에서 깨어나

희멀건 유리창을 살며시 열어보니
앞마당에 별들이 소복소복 앉았다

화단의 꽃들도 숨을 죽이며
먼 길 손님 반갑게 입맞춤하고

잠에서 깨어난 문지기 강아지도
꼬리를 흔들며 빙글빙글 맴돈다

하늘엔 별꽃
마당엔 꽃별

메마른 강

폭삭폭삭 먼지만 일어나는 강줄기
깡마른 우리 할머니 팔목 같다

거북등 강바닥 위로 고추잠자리 떼 지어 날고
바람에 춤추는 비닐봉지, 스티로폼 조각
듬성듬성 풀들은 이미 풀이 죽었다

"하늘도 무심하지!"
한숨 섞인 할아버지 하늘만 보신다.
"좍좍 한 줄기하면 좋을 텐데……"
하늘은 못들은 척 구름 한 점 없다

물 달라고 아우성치던
성난 물고기들은 배가 고픈지
살기 힘들다고 강바닥에 드러눕네

하늘아! 하늘아!
천둥소리 요란하고
굵은 빗방울 좍좍 내려다오

바보 모기

초저녁부터 무척 배가 고팠나
온 가족 모두 나와 앵앵거리며
팔뚝에 붙었다 다리에 붙었다
마구 침을 놓길래

참다참다 못해
요녀석 맛 좀 봐라
날아다니는 모기 정면으로
쫙쫙 모기약을 뿌리면

어머 나 죽겠네!
공중으로 빙글빙글 낙하산을 타다
방바닥에 책상 위에
사정없이 곤두박질친다

오호, 내가 그랬잖아
날 쏘지 말고 점잖게 날아다니라고
죽을 줄도 모르는
넌 참 바보야!

우와! 산들이

산 위에서 산을 보면
안개 깔린 솜이불 위로
죽순 같은 머리를 쏙쏙 내밉니다

누가 더 일찍 일어났는지
누구 키가 더 큰지
하루도 거르지 않고 경진대회를 합니다

산 위에서 산을 보면
구름 걷힌 창공 아래로
남매처럼 오순도순 정답습니다

엄마산은 아기산에게 젖줄을 물리고
나무와 바위는 서로 얼굴 부비고
비가 오나 눈이 오나 껴안고 삽니다

파란 하늘도
따스한 햇살을 선물합니다
산골짜기 물들도
도란도란 응원을 보냅니다

받아쓰기

받아쓰기 시간은
선생님이 아이들의 얼굴을 보는 시간

선생님이 어려운 문장을 부르면
아이들의 두 눈만 끔뻑끔뻑

선생님이 쉬운 문장을 부르면
아이들의 두 코는 벌렁벌렁

선생님은 아이들의 표정을 보고
높고 낮은 점수를 매긴다

박정우

1993년 아동문예 문학상으로 등단
한국문인협회, 경북문인협회, 경북아동문학, 한국문인협회상주지부 및 상주아동문학회, 아동문예작가회, 오늘의 동시문학, 한국동시문학회, 한국아동문학인협회 회원
경상북도글짓기교과연구회 회장 역임
세계동시문학상 수상
동시집 『사계절의 합창』
현재, 한국문인협회상주지부 회장

尙州文學

尙州文學

수필

김철희
박순혜
박영애

아침밥상

김철희

가을비가 그제 저녁부터 추적추적 내리기 시작했다.

비는 모레 오전까지 가을비치고는 제법 많은 강수량을 기록하고 물러간다는 일기예보가 연일 보도됐다. 하긴 극심한 가뭄으로 일부 지역은 절수운동 중이라고 하니 그럴 만도 하다.

이 비가 그치면 제법 날씨는 늦가을답게 싸늘하겠지.

알람소리에 한참을 뒤척이다가 일어나 가장 먼저 한 일은 리모컨으로 TV를 켜서 뉴스를 보는 걸로 일상은 시작이 된다. 7시다. 매일 아침 기상시각이 6시 30분이니 30분이나 늦었다. 황급히 안방으로 가 아내를 깨운다. 나의 성화에 아내는 되레 짜증을 낸다. 휴일이란다.

그러고 보니 어제부터 난 요일에 대해 혼돈을 겪었다. 금요일인지도 모르고 목요일 일정을 소화하느라고 진종일 분주하게 움직이다보니 해거름 저녁이 됐다. 대개 금요일은 다음날이 휴일이다 보니 여느 평일보다는 여유 있게 보내는 편이다. 휴일은 기사송고가 별로 없는 날이다 보니 인근 지역으로 출장 가는 게 다반사지만 어제는 달랐다. 그렇게 바쁘게 쏘다녔다.

휴일은 아내와 딸이 늦게 기상하는 편이다. 오전 일찍 해발 400미터 남짓한 산을 오른다거나 목욕을 가는 날이면 알람에 맞춰 감각적으로 일어나지만, 특별한 스케줄이 없으면 오전 내내 잠을 청한다.

잠시 후 난 어머니집에 전화를 걸었다. 왜? 건조하게 묻는 어머니의 어투는 정감이 안가지만 그래도 오늘따라 반갑다. 근 일주일 만에 듣는 육성이다. 가끔은 '그냥' 걸어본다는 어머니의 전화도 이번 주에는 없었다.

그 전에 어머니의 전화를 받고, "요즘 행사가 많아. 바빠."

별다른 말없이 전화를 끊은 일이 있다는 사실을 반추해냈다. 건조한 대답은 어머니와 닮았다.

아침 드셨느냐고 물으니, "왜? 아침 안 먹었나?"고 되레 반문하신다.

식은 밥이 조금 있기는 하다고 말씀하신다. 지금 가겠다고 말하고 곧바로 어머니 집을 찾았다. 검은 기와에 밤새 내린 비는 기왓장을 더 새까맣게 적시고, 마당 한켠 텃밭의 배추는 푸르름을 더했다.

얼마 전부터 피운 연탄으로 방 안은 그닥 써늘하지는 않았다. 연탄 두 장이 들어가는 아궁이 1개만 사용하다보니 냉골만 면했을 뿐이다. 어머니는 두툼한 전기요가 있는 아랫목으로 어여 오라고 손짓을 한다. 몸을 밀어 넣으니 따뜻함이 훅 끼쳐왔다.

밥 앉혀 놨으니 조금만 기다리라는 어머니의 말이 떨어지기도 무섭게 밥솥에서 밥 익어가는 소리가 들린다. 조금 있다던 찬밥은 나중에 어머니 혼자서 먹게 된다는 사실을 난 잘 알고 있다. 모처럼 만에 찾아온 아들에게 따뜻한 밥을 해 주는 게 어머니에겐 기쁨이다. 쉰 살이 되기도 전에 혼자가 된 몸으로 일곱 남매를 위해 지난한 삶을 견뎌온 노모의 지극한 사랑은 한결같다.

따뜻한 밥은 사랑이다. 아들을 위하여 기다리고 염려하며 마음으로 짓는 음식이다.

무채에 배추가 한데 어우러져 버무린 나물에 따뜻한 밥이 보태지면 그만한 별미가 없다. 참기름만 살짝 넣었을 뿐인데 고추장을 넣고 된장찌개 국물을 조금 넣으면 어디에서도 맛볼 수 없는 '엄마표' 비빔밥이 된다. 비록 근사한 상차림은 아니지만 어머니와 단 둘이 먹는 밥이라서 더 맛 나는 것은 또 다른 행복이다.

TV에서는 나이든 부모가 요양원에 들어가는 게 자식들에게 짐이 안 되고 좋다는 아버지와 집에서 같이 모시고 살겠다는 딸의 의견을 놓고 논쟁이 한창이다. 실버 심사단이라는 사람들이 격론 끝에 내린 결과는 부모가 병이 들면 요양원에 들어가는 게 좋다는 쪽이 우세승이다.

느즈막에 딸에게 짐이 되고 싶지 않은 아버지는 이 같은 결과에 만세를 부른다. "맞아, 이게 순리야……." 나즈막하게 혼잣말을 하는 일흔을 훌쩍 넘긴 아버지는 그제야 밝게 웃는다. 병이 들면 운신하기도 힘들고 대소변도 못가릴텐데……. 냄새 나는 할아버지한테 손주들이 반갑게 안기겠느냐는 말에 코끝이 찡하다. 부모란 마지막까지 자식에게 짐이 되기를 부담스러워 하는 걸 보면서 새삼 어머니를 바라다 봤다.

어머니는 아파트보다는 햇볕이 잘 드는 단독주택을 선호했다. 이곳으로 이사 오기까지 1년을 집을 보러 다닐 정도로 세심함을 보였던 것은 마지막까지 살 집이기 때문이었다. 아파트와 빌라가 운집한 지역이라 잘 가꿔진 공원도 새로 생겨 주거지로는 이만한 곳도 없다는 것이 어머니를 만족시켰다.

어지간히 밥을 다 먹을 즈음 아버지 제사가 언제냐고 물었다. 음력으로 10월하고도 열아흐레, 늘 이맘때는 추위가 몰려왔다. 근 30년 전에는 첫눈이 내릴 정도였지만 요즈음은 지구온난화로 늦가을의 찬 공기가 피부로 느껴질 뿐 하얀 눈은 볼 수가 없다. 그렇게 세월은 변했다.

제사일이 일요일이면 좋으련만 월요일이다 보니 부산, 창원, 대전에서 와야 하는 자식들 생각에 벌써부터 걱정이다. 일요일 밤늦은 시각, 자정을 넘기면 월요일이니 그때 제사를 모시자는 말에 어머니는 싫다는 내색을 하지 않는다. "지난해도 그렇게 했는데 뭘……." 괜찮다는 표정에 안심이 됐다. 새벽 제사를 모시고 제 살 곳으로 곧장 내려가야 할 자식 걱정이 앞서는 어머니의 배려에 일말의 죄송스러움이 밀려왔다.

"올해는 배추값이 내릴 모양이다."

얼추 밥을 다 드시고 마당 한켠에 있는 배추를 보면서 어머니가 말했다.

누이들은 아버지 제삿날에 맞춰 늘 김장을 해갔다. 자형들은 뒷일을 자청해서 도울 만치 너그러운 분들이다. 어머니는 그런 자형들을 위해 돼지수육을 내왔다. 방금 절인 배추김치와 곁들여 먹는 돼지수육의 맛은 두고두고 잊지 못할 어머니의 손맛이 됐다.

일주일에 한 번, 휴일 아침에 어머니와 마주앉아 먹는 아침밥상은 그렇게 행복할 수가 없다. 된장찌개에 숟가락을 같이 담가가며 먹는 아침밥일 뿐인데 말이다. 휴일 아침이면 어머니가 아들을 기다리듯이 나 역시 아내의 아침밥상 보다는 어머니의 아침밥상이 좋은 것을 어떡하랴.

따뜻한 어머니의 아침밥상을 언제고 맞이할 수 있는 그런 아침이 오래도록 계속 됐으면 좋겠다.

김철희

아시아뉴스통신 취재부장
지역신문 〈뉴스상주〉 편집국장
한국문인협회상주지부 회원

어떤 부부

박순혜

길을 꽉 메운 사람들 무리 속에 섞여 걸음을 옮기는데 내 어깨를 툭 치는 사람이 있다. 뒤를 돌아보니 남편이다. 남편이 내 바로 뒤에서 치는 게 아니라 한 줄 건너에서 걸으며 다른 사람 어깨 위로 힘들게 팔을 뻗어 치는 것이다. 나는 처음엔 아주 짧은 순간이지만 자기 옆에서 걸으라고 하는 행동인 줄 알았다. 그러나 곧 그게 아님을 알았다. 그이가 “두 분이서 같이 걷게 자리를 비켜드려.” 했기 때문이다. 내가 주위 풍경을 사진으로 남기기 위해 사진을 찍는 데에 조금 정신을 쏟는 까닭에 우리 부부는 앞서가고 뒤처져 가고 하여 나란히 걸어가는 일이 드물다. 다른 일행들도 부부가 함께 여행을 한다 해서 늘 나란히 다니지도 않는다. 때로는 남자는 남자끼리 여자는 여자끼리 걷는 경우가 더 많다.

그이는 친절하게도 내 바로 옆에서 걷고 있는 여인을 여인의 뒤인지 한 줄 더 뒤인지 하여튼 그의 남편과 나란히 가도록 나에게 자리를 비켜 주라는 것이다. 어디 자리에 앉아 있는 것도 아니고 길을 걷는데 함께 걷고 싶으면 나를 밀어내고 들어와 함께 걸으면 될 것 아닌가. 더더구나 내가 길을 막은 것도 아니고 그녀 손을 잡은 것도 아니고 그녀와 대화를 하며 걸었던 것도 아니고 우연히 옆에서 걷게 되었는데.

사실 그녀 남편을 내가 걷는 자리로 이동하게 해 주려고 해도 조금은 거북하다. 그 장소에서는 워낙 사람들로 꽉 메어져 걷고 있었기 때문에 내가 발걸음을 앞이 아닌 다른 데로 옮기면 다른 사람들도 좌로 우로 혹은 뒤로 걸음을 바꾸어야 하니 학교 운동회 때 한 사람의 실수로 하여 질서정연한 줄이 흐트러지는 것과 같은 꼴이 될 것이다.

구경꾼 빽빽하게 둘러앉은 운동회가 아니어서 그런 걱정은 안 해도 되지만 굳이 그럴 필요성을 못 느꼈기에 나는 어깨를 가볍게 한 번 들썩이는 것으로 싫다는 뜻을 표현했다. 원래 고집이란 서푼어치도 없는 내 성격인데도 나는 고집통이처럼 그대로 걸었으니 그이는 조금은 의아스러웠을 것이다.

중국 여행이다. 우리 일행 중에 유별난 부부가 있다. 우리 고장이 아닌 K시에서 온 부부다. 남자는 학교 교장선생님으로 정년퇴직한 분이라는데 줄곧 부인의 허리에 팔을 휘감고 다니는 것이다. 여자는 환자가 아닌 신체 건강한 사람이다. 장가계를 올라갈 때는 두 명의 중국인이 앞뒤에서 메고 가는 인력거를 돈 들여 타고 오르는 한국인이 더러 있는데 이 부인은 걸어서 비 내리는 장가계 오르막길을 우산을 쓰고 거뜬히 올랐다. 걸음을 많이 걸어야 하는 중국 여행, 4박 5일 동안 그녀는 어디든 잘 걸었고 먹성 또한 좋았다.

여행 중 가이드가 우리 일행을 동인당약국으로 안내했을 때 나는 안에 들어가기 싫어 밖에서 기다리고 있고 싶었다. 그러나 가이드가 싫어도 들어가야 한다고 했다. 자기가 위험에 처한다고 손바닥을 펴서 목 자르는 시늉을 해서 그 여성 가이드의 직장 잃는 불행을 면해주기 위해서 할 수 없이 들어갔다. 남편에게 허리 휘감기고 다니는 그녀도 안 들어가겠다고 버티다가 결국 들어갔으니 우리는 자연 한 의자에 나란히 앉게 되었다.

동인당약국에서는 우리 일행에게 한약을 팔 욕심으로 남자 한의사가 진맥을 하였다. 강요는 아니지만 진맥을 아니 하면 눈치가 보이게 되어 있다. 그래서 우리 일행 한 명 한 명이 앞으로 나가 진맥을 받았다. 신장 나쁜 사람이 어찌 그리도 많은지 모르겠다. 이 사람도 콩팥 저 사람도 콩팥이다. 통역하는 여자 한의사가 안 나가는 우리를 째려보는 가운데서도 나와 그 부인은 끝내 진맥 받으러 나가지 않았다.

나는 내 몸 어디가 나쁘다는 말을 들으면 모처럼의 즐거워야 할 여행 기분 잡칠 것 같아 안 받았다. 남편에게 허리 휘감기고 다니는 그 부인은 몸에 좋다는 태반주사도 맞았는데 며칠 전에는 종합 건강검진을 받은 결과 아무 이상이 없다며 진맥 받으러 나가지 않았다.

그렇게 건강한 그녀를 그 남편은 아내가 환자이기라도 한 듯 줄곧 감싸고 걸으니 애정표현인지 보호본능인지 하여튼 대단하다 싶다. 내가 보기엔 남자가 아내에게 보호를 받아야 할 것 같은데. 어쨌거나 그들 부부가 나 때문에 둘이 껴안고 못 걷는구나 싶어 여긴 마음 약한 나의 남편은 미안한 생각을 하였고 그래서 자리를 바꾸라고 한 것이다. 그이는 걸으면서 내 허리 감는 일은 절대로 하지 않는 사람이지만 나 또한 남편이 허리를 감고 다니려 해도 여러 사람 보는데서 창피하다며 각자 걷자고 할 고리타분, 아니 정상적인 사람이다. 젊은 부부가 안고 걸으면 보기 좋았을까? 하여튼 그 부부가 내 눈에는 예쁘게 보이지 않아 내 자리를 이탈하여 그 부부가 함께 걷도록 하여 주고 싶지 않았다. 내가 그 퇴직 교장에게 아마 밉상으로 보였을 것이다. 다른 사람 눈에는 그들 부부가 어떻게 비쳤는지 모르지만 나는 남자가 아내에게 쩔쩔매고 사는 '쩔처가' 로만 보였다. 내가 자리를 피해서 그들 부부가 다시 붙어서 걷게 해 주면 나의 남편 마음 편하고 그들 부부 좋을 것을 그렇게 해 주지 않은 이내 심보는 뭔가 모르겠다. 그리고 그들 부부를 참나무 장작처럼 뻣뻣한 그이는 어떻게 평가하였는지 뒤늦게 그게 궁금하다.

박순혜

《수필문학》으로 문단 데뷔
저서 『엉겅퀴의 절규』 외

어느 가을날에

박영애

올해도 역시 가을은 왔다. 노오란 은행잎 바알간 단풍잎……. 왠지 단풍잎이 떨어지면 마음이 쓸쓸해짐은 작년보다 올해는 그리고 내년은 또 어떤 마음이 생길까. 시간이 갈수록 느낌은 다르겠지. 어느덧 내 곁을 떠나서 각각 가정을 꾸리고 사는 자녀들. 내가 해야 할 일은 서서히 줄어드는 느낌이다. 나만의 홀로서기를 해야 할 텐데 가족을 위해 살다보니 어떻게 홀로서기를 해야 할지를 모르겠다.

가게에서 열심히 재봉틀을 굴리면서 살기를 28년이다. 이제는 손주가 학교를 마치고, 학원을 마치고 찾아오는 곳이 되었다. "안녕하세요? 구르트!" 하면서 문을 힘차게 열고 들어왔다. 가방은 어찌나 무거운지 매일 동화책을 2권씩 빌려서 온다. 도장 20개를 찍으면 간식을 받기도 하고 100권을 읽으면 서울 살고 있는 이모 집에 놀러 오라고 했다.

처음 초등학교에 입학하고는 몹시 산만하고 장난도 심하고 해서 이모가 놀이공원을 가자고 제안을 했다. 목표 달성을 하고도 지금도 습관이 되어서 매일 2권씩 무거운 책을 그것도 장수풍뎅이 책은 아주 좋아해서 반납하고 또 다시 빌려오기를 수차례 했다. 처음엔 책 제목을 적는 것만도 한글공부에 많은 도움을 준다고 생각했는데, 어느 날은 위인전 또 어느 날은 꽃에 대한 책, 식물과 곤충 책들 등 다양하게 빌러 온다.

요즘은 어려운 한글도 제법 잘 쓰고 있다. 학교에서 쉬는 시간에 한 권

읽고, 또 집에 와서 한 권을 읽으니 장난도 줄어들고, 요즘은 마법천자문에 폭 빠져들고 있는 모습을 보니 습관을 만들어주는 것이 처음에는 힘들었지만 이제는 책을 읽지 않으면 심심하다고 한다.

책을 가까이 하기를 바쁘다는 핑계로 조금 멀리한 내가 부끄럽기까지 하면서 앞으로는 습관을 만들기 위해 책을 읽는 시간을 가져보기로 다짐해본다. 이 가을의 쓸쓸함도 책 속에 길이 있지 않을까 생각해 보면서…….

박영애

한국문인협회상주지부 회원

尙州文學

단편소설

정복태

새벽의 정담(鼎談)

정복태

"나는 그 시절 그 인간이 싫어서, 아니 내가 살아가고 있는 이 나라에서 도저히 숨을 쉴 수 없어서 캐나다로 갔습니다."

최씨와 나는, 우리의 이야기 사이에 갑자기 끼어든 그 사내의 단호한 말소리에 순간적으로 황당한 기분에 잠겨버렸다. 보통 키에 조금 살이 찐 체형을 한 상고머리로 짧게 정리된 그의 머리를 우리 두 사람은 멀거니 바라보기만 했다. 사내는 어떤 마음 속 풀리지 않던 것을 이제는 홀가분하게 내던져 버린 듯한 표정을 지었고, 그런 후 자신도 뭔가 두 사람의 대화에 느닷없이 개입한 일이 뜻밖이란 듯 입을 다물었다.

여름이라 하지만 새벽은 조금 쌀쌀한 기운이 피부로 스며들어서 으스스한 기운을 느꼈다.

사내는 저 파란만장했던 이 나라 역사의 한 시절을, 아무런 꾸밈도 없이, 있는 그대로 자신의 속마음을 그대로 표출한 것이었다. 최씨와 나는 사실, 그 사내의 말들에 숨어 있는 거대한 역사적 사실에 대한 중압감 보다는 이제는 모두 이 나라의 사람들에게 조금도 감동을 주지 않는 그런 말들을 이 새벽의 서늘한 곳에서 그는 꽤나 진지한 자세로 한 그 이상한 어색함을 느꼈기 때문이었다.

우리가 앉은 벤치 뒤로는 가뜩이나 공룡 같은 거대한 도시의 중심, 그것도 대학병원의 한 가운데서 우두커니 서있어야 할 하등의 이유도 없는 키 작은 소나무들과 함께 기묘한 분위기를 가져다주었다.

지금, 최씨가 열심히 말하는 것은 그 사람 특유의 감칠맛 나는 음성으로 젊은 시절의 잘 나갔던 시절의 이야기가 그 절정으로 치닫고 있을 때였다. 최씨는 이즈음의 여·야 사이의 개판싸움인 정치판을 싸잡아서 비판을 하면서, 자신이 참여했던 저 4·19학생의거 때 경무대 앞에서의 발포 사건으로 숨 가빴던 이야기로 들어설 때, 상고머리 사내의 느닷없는 캐나다로의 이민 사실을 터트렸기에 그 상황은 한 순간 걷잡을 수 없을 정도로 최씨의 이야기판을 겉돌게 하는데 결정적 펀치를 가한 꼴이었다. 그런데 이야기를 중간에 끊긴 최씨는, 보통 사람의 몸보다는 야윈 체구임에도, 사내의 말에 대하여 별 기분 나쁜 표정은 짓지 않았다. 오히려 그냥 자신의 이야기가 막힌 것에 대하여 조금은 의아한 얼굴을 지을 뿐이었다.

근처는 대한민국의 국립대학이라는 대학 병원이 서있는 쉼터였다. 흉내만 낸 키 작은 소나무와 메타세쿼이아 나무들이 사방에 서 있었는데 여름날이지만 으스스한 바람까지 곁들여 잎사귀가 조금씩 흔들렸고 제법 한기까지 피부로 파고들었다.

최씨는 역시 그 사람 특유의 돌파력을 발휘하여 4·19 당시의 경무대 대학생 데모 현장에서의 발포 사건을 좀 전의 이야기에 이어서 말하기 시작하였다.

"엉겁결에, 고함을 치며 스크럼을 끼고 있던 우리들은 찬 도로에 본능적으로 엎드렸어요. 더러는 골목길로 달아나는 동료들도 여기저기에 보였는데, 우리는 모두 총소리와 더불어 정신 줄을 조금씩 잃어버렸지요. 그날이 바로 4월 18일이었어요. 독재를 타도하자는데, 경무대 근처에서 경찰은 그런 학생들에게 발포를 하다니, 참 한심한 일이었지요."

최씨가 말하는 역사적 사건은 이미 반세기가 지난 아득한 옛날 일이었다는 생각을 나는 마음속으로 떠올렸다. 최씨의 이야기의 핵심은 독재자가 한 번 권력의 아편에 취하면 아무 것도 보이는 것이 없다는 그런 말이었다. 팔십을 훨씬 넘은 노독재자는 그렇게 역사의 뒤안길로 사라지면서 권력의 끝을 참담하게 마감하였다.

다음 해, 군부에서 일어난 5·16이 터지면서 이 나라의 역사는 예측하지 못할 정도로 새로운 숨 가쁜 소용돌이로 휩쓸려갔다. 최씨는 그 이후 다시 한일회담 반대 데모에도 참가하였다고 했다. 그는 그 때가 대학 4학년이었다고 하였다. 이미 모든 사람들이 모두 너무나 잘 알고 있는 역사적 사실에 대한 의견은 최씨가 전혀 하지 않은 것을 나는 그의 이야기를 들으면서 알았다. 바짝 마른 그는 심한 당뇨로 지금 치료중이라면서 담배는 줄담배를 즐기고 있었다. 소위 말하는 KS코스를 거친 인재인 최씨는 그 동안 행정고시를 합격하여 이 나라의 일급 공직자로서 국영기업체의 여러 곳을 두루 거쳤다고 하였다. 그가 말하는 K는 서울의 경기고등이 아닌 부산의 경남고등이었다. 그는 항구도시 부산 출신이었다. 지금은 공직에서 물러나 친구의 기업에서 사외이사로 있으면서 이즈음으로 치면 늙은이 축에도 들지 않는다는 칠십대 초반의 사람이었다. 최씨는 무엇보다 조금은 마른 몸매에도 유난히 눈빛이 매우 날카로웠다. 조금은 신경질적인 사람이라는 인상을 짙게 느끼게 하는 선병질적인 모습을 가진 사람으로 나는 보았다. 나는 최씨를 우연히 지금 대장질환으로 입원중인 어머니를 아내와 시중을 들다가, 늦은 밤 어머니의 하나밖에 없는 병상에서 잘 수가 없어서 병동 밖으로 어슬렁이다 만났다.

어머니의 병실은 여섯 사람이 있는 병실이었다. 더러는 수술을 한 후의 후유증으로 입원한 환자와 이제 막 수술을 끝낸 환자들이 있는 병실이었다. 그곳은 사람의 기막힌 삶의 마지막 모습이 갖가지 모습으로 혼재되어 있었고, 어머니 앞 환자의 경우는 마흔을 갓 넘긴 여자였으나 암 균이 몸의 여기저기를 침범하여 호흡조차 거북한 젊은 여자가 있었고, 그 여자의 남편이 무료한 표정으로 그 아내의 병수발을 하고 있었다.

비교적 환부가 다른 신체부위로 전이가 이루어지지 않은 어머니는 다행히 연로함에도 불구하고 아내에게 틀니를 씻게 하고 병실 옆의 욕실에서 좌욕도 자주하면서 수술 후의 몸을 힘들지 않게 보내고 있어 다행스럽게 나는 생각했다. 처음 어머니가 시골에서 올라와 뒤를 보신 뒤에 혈흔이 비친다는 말을 듣고 시골 병원에서 대장 내시경을 한 뒤에 의사는 대장질환 3기라고 하면서 수술을 권했을 때, 나는 땅이 꺼지는 듯한 경악에 마음이 산산이 흐트러지는 나락을 느꼈었다. 수술을 받기 이전까지의 과정은 가시방석에 앉은 아슬아슬한 마음에, 정신을 제대로 차릴 수가 없을 정도로 숨가쁜 시간이었다. 다행히 연로한 노인이라 몸의 다른 부분으로의 전이는 없다는 것을 수술 후의 전문의로부터 들었을 때는, 체면 없이 내 마음이 하늘을 나는 풍선 같은 기분이었다. 수술은 잘 마쳤다. 아내는 늘 어머니 옆에 앉아서 수술 후의 수발을 들고 있는 중이었다.

나는 며칠째 대학병원의 맨 아래층에서 새우잠을 자기도 했고 근처의 지금 최씨와 앉아있는 야외 휴게실에서 밤을 새우기도 했다. 그곳에서 최씨를 만났다. 대부분 환자들은 병원에 있으면 마음부터 참담하게 가라앉아서 병보다도 더 마음이 무너지면서 지독한 외로움과 자신에 대한 분통으로 초췌해지는 법인데 처음 만난 최씨는 오히려 병원에 나들이 나온 사람처럼 그런 모습을 전혀 보이지 않았다. 오히려 그의 표정에는 봄철에 나들이를 나온 듯한 조금은 즐거운 모습까지도 나는 그의 표정에서 읽곤 했다. 그렇게 해서 최씨와 나는 우연히 서로가 통성명을 했고 그의 병을 들었고 나의 처지를 그에게 알리고 우리는 이즈음의 세상에 대해서 무료한 한담 수준을 넘은 사뭇 날카로운 이야기를 나누게 된 사이가 되었다. 심한 당뇨환자이면서 최씨는 담배를 자주 피우는 골초였다. 마른 그의 손가락에서 담배연기가 언제나 피어올랐고 그의 가파른 어조의 말들은 어떤 결기를 느끼기에 충분했다. 나는 시골 고등학교를 퇴직한 처지로 늦게야 젊은 시절부터 막연히 써왔던 소설을 새롭게 마음을 가다듬어 다시 창작하려 하는 그런 목표를 은연중에 가지고 있었다.

모든 것을 객관적으로 있는 그대로의 현실적인 시각으로 보지 못하는 버릇을 나는 가지고 있었다. 세상을 어떤 낭만적 상황으로 보려는 어쩌면 이 시대에 천연기념물 같은 그런 환상만 가진 사내가 나란 인간인지 몰랐다. 어머니가 대장질환이란 의사의 진단이 내려졌을 때 하늘이 무너지는 놀라움만 느꼈지만 사실, 어떻게 그 위기를 처리하는 데는 전혀 대책이 없었다.

최씨와 처음 만난 날은 나 역시 담배를 피우기 위하여 맨 아래 층 흡연지역에서 막 담배에 불을 붙이려 할 즈음에 그가 슬며시 내 옆에 앉아서 담배에 불을 붙이려 하는 것을 보면서 나는 속으로 그의 바짝 마른 몸을 보면서 조금은 딱한 생각이 문득 들었다. 우리는 그대로 자신의 담배 한 대를 한참 피우면서 서로에 대해서 별 관심을 가지지 않았었다. 한두 사람이 모이고 또 사람들이 모이고 하여 시끄러운 분위기를 느끼고 담배를 피운 뒤 흡연지역을 벗어나 몇 발자국 떨어진 야외 휴게실로 자리를 옮기면서 그도 나를 따라서 자리를 옮겼다. 8월의 여름날이지만 저녁은 그런대로 시원한 감을 느끼게 하는 기온이었다. 우리들은 처음 서로를 그냥 바라보다가 눈을 위로하여 하늘을 한 번 바라보다가 그렇게 한참을 그렇게 앉아 있었다. 나는 석양의 희미한 햇살 아래 드러난 그의 가냘픈 몸체를 바라보면서 어떤 연민과 더불어 강한 호기심에 그에게 말을 하게 하였다.

“어떻게 병원에 오셨습니까!”

순간 그는 나를 찬찬히 바라보았다. 그의 가까이 마주한 눈 역시 매우 날카롭게 순간 느껴졌다.

“아이들이 당뇨라고 하도 입원을 권해서 어쩔 수없이 왔습니다.”

그의 말에는 쇠줄을 불어오는 바람으로 긁어대는 듯한 팽팽한 톤이 담겨 있었다.

"저도 당뇨 약을 먹은 지 오래 되었는데요. 입원을 하셨다면 혹시 다른 합병증이라도 있으신지요."

"아닙니다. 그런 증상은 없고 다만 아이들이 자꾸 술만 마시고 담배를 함부로 피우니 나를 이렇게 격리시키려는 모양입니다."

"그렇기야 하겠습니까. 자제분들이 어른의 건강을 염려해서겠지요."

우리는 다시 담배를 피워 물고 처음의 어색함을 무연히 감추고 있었다.

"나도 그렇지만 참 이즈음 사람들은 너무나 많이 병에 시달리는 것 같아요."

"그러게요, 사실 아닌 게 아니라 이곳 대학 병원에서 새삼스럽게 느끼는 일이지만 아픈 사람들이 너무 많은 것 같습니다."

우리는 현실의 너무나 흔하디흔한 이야기를 하고 있었다. 그는 다시 담배를 입에 물고 불을 붙이고 있었다. 그의 손가락에서 모락모락 피어오르는 담배연기를 나는 다시 바라보았다.

순간 병실의 어머니 옆에서 시중을 들고 있을 아내 생각이 떠올랐다. 아내는 마음이 고운 여자였다. 반면에 어머니는 소위 여장부 같은 결기가 있어서 아내는 늘 상전 앞의 집안일 하는 시중꾼처럼 그렇게 살아온 처지였다. 현실은 아픈 어머니로 하여 집안 식구 모두는 그 걱정으로 숨을 제대로 쉬지 못하고 있었다. 현실은 우선 아픈 사람의 병구완이 먼저였다.

"지금 정부가 하는 4대강 사업도 그래요. 그렇게나 사람들이 반대를 하는데도 왜 그러는지 한사코 현 정부는 흡사 밀어붙이기로 고집스레 그 국가사업을 실시하려고 서둘러대는지 알 수가 없어요."

"그것은 해마다 홍수로 인한 인명피해며 그 뒤에 막대한 천문학적 국가재정이 천정부지로 들어가니 하는 것이겠지요."

나는 현 정부의 대변인 같은 말을 했다. 최씨는 담배를 손으로 비벼 끄면서 이윽하니 나를 바라보고 있었다. 아마 나의 엉뚱한 대답에 대한 그의 반응일 것이다.

"아니지요, 사실 지금 4대강을 새삼스럽게 국책 사업으로 벌이는 것은 현 정권이 정권창출 때의 재벌의 도움에 대한 보답으로 한다는 말이 있어요."

그 시절 절대 권력을 구가하던 국가 최고 지도자의 돌발적 죽음으로 그동안 잠자던 정치적 권력의 막후 세력들이 들고 일어나면서 한국 사회는 정국이 소용돌이의 한가운데로 몸부림치는 현장으로 들어섰다. 삼 김에 의한 서울의 봄을 그 시대는 예고하고 있었다. 정국은 한 치도 그 전망을 예측할 수 없을 정도로 팽팽한 무중력의 긴장상태로 돌입하고 있었다. 그리고 5·18 광주 민중들은 국가에 대한 대규모의 시위가 그 끝을 알 수 없을 정도로 악화의 상황으로 치닫고 있었다. 그리고 새로운 일군의 신군부세력에 의한 정치적 헤게모니 찬탈은 이미 완료된 상태였다. 그리하여 광주의 시민들은 고립되어 한반도의 전체적 슬픔을 말할 수 없는 생사의 일촉즉발의 위기에 접어들고 있었다. 언론은 완전히 차단당하여 한 마디도 그 시대의 현실을 국민에게 알릴 수 없는 엄혹한 물샐틈없는 통제의 시대를 겪게 되었다. 문학인들은 여려 매체를 통하여 이러한 시대적 고통을 억울한 민초들의 아픔을 알리려 했지만 군부의 실세들은 한사코 그것을 강압적으로 막고 있었다. 한국사회는 얇은 하나의 리트머스에 가려진 민주주의의 마지막 한계에 직면하고 있었다. 그리하여 새로운 군부 세력에 의하여 치욕적 정치가 시작되었고 사람들은 그렇게 조용히 순응하고 있었다.

그리고 프로 스포츠가 시작되었고 이 나라 국민들은 억눌려 잠재된 억압을 운동장에서 풀기 시작하였다. 당시의 절대 권력자는 프로 스포츠의 현장에서 그만의 제스처로 자신도 많은 다수의 국민들과 같은 평범함을 과장스러운 포즈로 과시하는 모습을 방송은 연이여 TV 화면을 통하여 보여주고 있었다. 남녘 지방의 많은 사람들의 피에 젖은 항거는 서서히 사라지고 있었다. 그러나 대학가에서는 대자보와 사진을 통하여 그 아픔과 민중적 항거의 모습을 찍은 사진전을 전시하여 이 나라 사람들에게 국가적 폭력에 압살당할 수밖에 없는 피비린내 나는 현실을 이 나라 전체 다수의 국민들에게 보여주기 시작하였다.

어머니의 병실 앞에 입원한 40대의 젊은 여자의 비명 소리에 나는 어슴푸레 자의식에 짓눌려 눈을 감았던 순간 뜨고 말았다. 여자는 단말마의 아픔을 내면서 보는 사람의 마음을 아프게 하는 끔찍한 고통을 견디지 못하고 소리치고 있었다. 가여운 모습이었다. 얼마나 육체적 고통이 엄습하였기에 한밤에 여인은 저렇게 아픔을 소리 지르고 있을까. 끔찍한 것은 그 여인의 단말마적인 고통의 처절한 소리가 아니라 그 광경을 보는 아프지 않은 사람의 마음이었다. 그것은 인간의 한계를 넘어선 어쩔 수 없는 지경에서 품어져 나오는 처참한 고통의 비극적 소리였다.

어쩔 수 없이 나는 밖으로 나서서 일층의 입구에서 다시 이 병원의 각종 암에 대한 홍보들을 보면서 사람들에게 이렇게나 여러 신체의 부분들마다 암이 발생하는 것을 놀라운 마음으로 훑어보았다. 암, 그것은 현대인에게 풀지 못하는 영원한 미궁 같은 질병이었다. 많은 사람들이 그 어쩔 수 없는 질병에 신음하다가 이윽고는 원하지 않은 죽음을 맞이하고 있었다. 다시 회전문을 지나서 병원 입구의 코너에서 담배를 피웠다. 문득 인기척을 느껴서 옆을 보니 최씨가 있었다.

“이 한밤중 왜 주무시지 않고…….”

“잠이 오지 않아서……. 하 참, 달도 밝기도 하네요.”

우리는 달이 눈부시게 비치는 병원의 옆에서 함께 담배를 피웠다. 우리 곁으로 몇 사람들이 지나가고 있었다. 최씨와 나는 천천히 근처의 야외 휴게실로 걸어갔다. 8월이어서 오히려 후텁지근한 기운이 한밤이라 시원한 느낌도 들 정도로 주위가 선선하게 느껴졌다.

"4·19 이후 나는 5·16을 보면서 어떻게 이 나라가 이렇게 흘러가야 하는가를 곰곰이 생각해 보았어요. 저 고려 시대 문인들에 대한 무인들의 항거로 최씨 무단 정치가 있었던 역사를 우리 역사는 겪어왔지만 대명천지 현대의 민주주의 사회에서 군인에 의한 통치권이 이루어지는 것을 당시의 학생으로서 나는 이해할 수가 없었어요. 그것은 역사를 통째로 거꾸로 뒤돌려 놓는 쿠데타였기 때문에 나로서는 그 흐름의 갈피를 파악할 수가 없었어요."

최씨는 다시 바튼 기침을 하면서 담배를 피우기 시작했다. 그가 말하는 그 시절 나는 중학 3학년 때였다. 그 시절 군부의 추상같은 국가 통치력은 내가 살던 시골 읍에서도 모든 사람들이 숨을 죽이게 하였던 상황이었다. 모든 기존의 제도는 군사 혁명 조직 위원회에서 통제하였고 국민들은 그들 혁명에 가담한 군부의 통제에 의하여 움직이고 있었다.

최씨는 5·16 군사혁명 이후 많은 하찮은 생각들을 도서관에서 희석시키면서 오로지 면학에 온 정신을 쏟았다고 했다. 그리하여 그는 한국의 대기업에 신입사원으로 입사하여 그 당시 기업체의 사원으로 외국에 파견을 갔다고 했다. 그곳에서 그는 열심히 일하여 3년을 지낸 뒤 귀국하여 그 기업의 간부 사원으로 승진할 수 있었다고 했다. 그 때가 한일 회담이 이루어지는 때였다. 온 나라는 한일 회담 반대 시위로 달아올랐고 통치자들은 그럼에도 불구하고 경제발전의 자금 조달을 위하여 한일회담을 체결하였다. 최씨는 다시 한 번 역사의 비극적 현실에 대하여 마음속에 어떤 말할 수 없는 고통을 느껴야 했다고 했다. 나는 그 때 겨우 대학에 입학할 때였다.

"안녕하세요."

걸걸한 중년의 말소리가 우리 사이로 울렸다. 최씨와 나는 담배를 들고 이슥하니 말소리의 주인을 쳐다보았다. 며칠 전 만났을 때 아내가 아파서 입원중이라는 사내였다. 그는 머리털을 말끔하게 짧게 깎은 모습으로 우리

옆으로 슬그머니 앉았다. 최씨와 나는 그냥 미소로 그를 맞이했다.

그 사내의 이야기는 신군부에 의하여 정치 자금 모금에 자신이 다니던 부산의 어느 대기업이 순식간에 세무조사를 당하여 탈세혐의로 회사 전체가 도산을 하면서 하루아침에 자신의 회사가 그 그룹이 무너지는 참담한 현실을 겪고 나서 실업자가 되면서 도대체 무엇이 자신을 사회 밖으로 내몬 실체인지를 알 수 없었다. 그리하여 하릴없이 이곳저곳을 전전하던 중 광주에서 벌어진 민주화 투쟁을 보면서 적어도 이 나라는 자신에게 최소한의 살아갈 곳이 아니란 사실을 깨닫고 아내와 아이들을 데리고 캐나다로 이민을 갈 수밖에 없었다고 하였다. 사내는 비교적 억센 부산 사투리에서도 벗어난 비교적 도회 사나이들의 부드러운 말씨를 가지고 있었다. 우리 세 사람은 다시 무료하게 서로를 물끄러미 바라보기만 하였다.

70년대 유신을 선포하면서 그 시절의 절대 권력자는 종신 총통을 꿈꾸는 허망한 정치적 야욕을 드러내면서 헌법이며 여러 법률적 조항을 바꾸면서 자신의 철통같은 권력을 유지하려 하였다. 그 시대의 많은 민주화를 바라는 이 땅의 많은 사람들은 그 절대적 권력자에 대하여 저항을 시도 하였다. 그러나 절대적 권력자와 그 주변의 사람들은 조금도 저항 세력에 동요됨이 없이 그들만의 세상을 확신하는 정책으로 밀고 나갔다. 그러니 이 땅은 다시 한 번 서로에 대하여 숨 막히는 갈등이 벌어지고 있었다. 여러 저항 단체를 용공으로 몰아서 감옥에 가두었고 더러는 처형의 시퍼런 단두대를 펼치기도 하였다. 소위 민청학련이란 사건을 당시의 절대 권력자의 분신 같은 존재인 중앙정보부에서 조작 날조하였을 때의 그 시퍼런 위세 당당한 군부 세력들은 눈썹 하나 흔들리지 않고 그들 민청학련이란 허구의 죄목으로 만들어진 집단을 그들은 처단하는, 일찍이 역사에서 왕조 시대에서나 있을 법한 참혹한 형 집행을 시행하였다. 그 시대는 그렇게 엄혹했고 절대 권력자의 무소불위의 위세만 등등한 메마른 시대였다. 중앙의 일간지들은 군부에 의하여 광고란 백지로 남겨두고 투쟁하였다. 그에 대한 군부 유신 세력은 저항 기자들을 해고하는 언론파동을 아무런 파장 없이 저질렀다. 이 땅은 그렇게 여름날의 긴 장마 같은 질퍽한 질곡의 세월 속으로 접어들었다.

캐나다로 이민을 갔다는 사내는 우리 둘을 다시 보면서 그 시절의 권력자에 대한 자신의 느낌을 이야기하기 시작하였다. 그가 몸담았던 부산의 유망한 회사가 신군부에 의하여 와해되는 현장에서 그가 느낀 것은 대한민국의 허망한 독재 권력자에 의한 철저한 파괴에 대하여 숨을 쉴 수가 없었다고 했다. 어떻게 그런 일이 함부로 이 세상에서 벌어질 수 있단 말인가. 그 사내는 그런 역사적 현장에서 도저히 이 사회에서 자신은 살 수 없다는 것을 뼈저리게 느껴야 했다고 했다. 그것은 한 개인에 대한 나아가 권력자에 눈에 들지 않으면 샅샅이 짓밟혀야 한다는 인간이하의 굴욕감이었다고 했다. 그것은 그 시절의 실상으로 일상적으로 행해진 일상이었다고 했다. 그가 이민 간 캐나다에서 그는 사실 고국에 대한 감상으로 무척 마음이 아팠었다고 이야기를 했다. 그의 짧게 깎은 머리카락이 달빛에 드러난 모습을 우리 두 사람은 보면서 그 사내의 분노를 천천히 생각해 보았다.

도대체 권력이란 무엇일까. 이 세상을 전부 독점할 정도로 그 권력이란 것은 절대적인 것일까. 세상을 움켜진다는 사실이 그렇게 인간을 변하게 하는 것일까. 그것은 우리 세 사람이 그런 일을 해보지 않았기에 알 수 없는 노릇일 것이다. 그러나 그 절대적 권력이란 해괴한 권력은 이 땅의 모든 것을 함부로 바꾸었고 많은 사람들이 그것을 문제로 하여 한 많은 세상을 살 수밖에 없게 되었다. 그것은 그 시대의 일관된 흐름이었다. 많은 사람들은 절대 권력에 대하여 침묵했고 묵묵히 그들만의 삶에서 그렇게 살아갔다.

"도대체 그 당시 당신의 회사를 무너앉게 한 근본적 이유는 무엇이었는데요?"

최씨가 그 사내에게 자그마한 소리로 물었다. 사내는 최씨와 나를 번갈아 보면서 움찔하는 표정을 지으며 그 상황을 이야기하기 시작하였다.

"신군부의 사업에 회사의 대표가 과감히 불응했기 때문이지요."

"그렇다면 적어도 사업하는 사람으로서 최소한의 그 상황에 대한 해결을 그 회사의 책임자가 하지 못한 것도 일테면 자신의 아래 있는 많은 사람들에게 무책임한 행동이 아니겠어요?"

"아니지요, 그것은 적어도 회사를 책임진 사람으로서 할 수 없는 과중한 부담을 그 시절의 권력자가 요구했기 때문이지요."

"그러나 결과적으로 자신의 회사가 도산될 정도로 그 상황을 파악할 수 없었다는 것은 회사의 책임자로서 직무유기이지요."

사내는 이젠 최씨에 대하여 '뭐 이런 자식이 있어!' 하는 한심한 생각을 가지고 최씨를 날카롭게 바라보았다. 최씨는 그 사내의 표정에서 그런 마음을 읽었다는 것을 감추지 않았다. 그리고 천천히 그 사내를 바라보면서 최씨는 이야기를 했다.

"제가 들은 바로는, 서독을 방문한 그 당시의 대통령이 광부와 간호사로 돈을 벌려 간 사람들과 함께 울었던 이 나라의 뼈아픈 가난을 느끼게 했던 그 시절의 뉴스에서 저는 적어도 그 당시의 권력자는 참으로 그 시대적 이 나라의 궁핍을 적확하게 꿰뚫고 있었다는 것을 나는 보았어요. 권력을 쥔 사람은 적어도 다수를 위한 그 시대의 철학이 있는 것이 아니겠어요?"

나는 1980년대의 광주 민중에 의한 민주화 시위를 생각하고 있었다. 권력자에 의하여 어떤 시대이건 독재적 인식은 다수의 사람들을 고통으로 내몰 수 있는 것을 나는 떠올리고 있었다. 최씨는 1960년대의 이 나라를 통치한 사람에 대하여 나름대로의 필요불가결을 이야기하고 있었다. 결국 최씨와 그 사내는 다른 시대에 대하여 이야기를 벌이고 있었던 것이다. 물의 흐름 같은 이 나라의 역사의 거대한 흐름이라면 사실 제1공화국 시절의 노대통령의 근엄한 통치에는 권위와 그 시대 특유의 카리스마가 그 주변부 사람들과 교묘하게 얽혀서 그렇게 4·19 학생의거를 불러일으킨 것이었다. 그리고 그 뒤를 이은 군인 출신의 그 역시 처음 계획한 이 나라의 가난의 현실을 뼈아프게 헤아려 경제 개발 계획을 몇 차례에 걸쳐서 조국 근대화를 이룩할 때까지는 순리적 흐름이었다. 그러나 역사의 흐름과 같은 물은 고이면 그 자체가 부패의 늪을 만들었던 것이다. 그것을 그 통치자는 그만의 한국적 민주주의로 잘못 인식한 것이 바로 1979년의 대통령 유고 사건을 일으키게 한 일이었다. 그 이후 이 나라는 신군부의 정치적 군인들에 의하여 소위 '서울의 봄' 을 참담하게 국민적 열망을 봉쇄하여 버렸고 그들만의 권력을 행사하게 되었다. 언제나 정치와 경제적 자본은 서로가 상보적인 긴밀한 관계를 가진 것이었다. 새롭게 권력을 잡아 챈 신군부의 실력자는 그만을 지지하는 일군의 사람들을 통하여 국민의 의사와는 관계없는 사람들에 의하여 대통령이 되었다. 그리하여 무소불위의 불의 권력의 칼을 가지고 이 나라의 모든 사람들을 그들만의 세계로 강요하게 되었다. 그것은 역사의 오류였다.

"사실, 국민들은 제3공화국의 대통령이 경부 고속도로를 건설할 때 당시의 야당은 얼마나 반대하였어요. 그러나 그 사업은 이 나라의 경제적 부흥을 이루는데 최고의 길이 되었지요. 그 시대가 필요한 것을 그 당시의 지도자는 참으로 현명하게 예측하고 실천하였던 것이에요."

최씨는 담배에 불을 붙이면서 힐끗 그 사내를 바라보고 있었다.

"형씨는 성공한 쿠데타면 모두 옳은 것이라는 말인가요?"

퍽 도전적인 사내의 말이었다. 나는 두 사람의 긴장된 한 순간에 말을 보탤 수가 없었다. 두 사람의 정치적 식견이며 생각의 차이일 수 있는 문제이기 때문이었다. 새벽의 야외 휴게실은 서서히 동녘 하늘 쪽으로부터 여명 속에서 붉은 빛살이 떠오르고 있었다.

"아니지요, 저의 생각으로는 어느 통치자에 대하여 자신과의 문제로만 예민하게 이해해서는 안 된다는 것을 말한 거예요."

"그러나 그 통치자가 모든 사람들이 긍정할 수 없는 사실을 받아들일 수 없는 현실을 자신의 권력으로 억지로 왜곡할 때는 적어도 다수의 사람들이 다칠 수 있다는 것입니다."

"언제나 다수의 세계에서는 꼭 같을 수는 없는 것이 우리가 사는 세상이 아니겠어요."

5·16과 12·12의 역사적 사실에 대한 두 사람의 의견은 다른 방향으로 겉돌고 있었다. 분명한 것은 최씨는 그런대로 그 시절을 잘 견디어내서 산 사람이었고, 그 사내는 자신이 캐나다까지 쫓겨 갈 수밖에 없는 그 시절을 대단히 혐오하고 있었던 것이다. 나는 70년대 유신 시절을 문득 떠올렸다. 그것은 비극적 권력의 포화된 상태의 팽창을 극적으로 보여준 시대였다. 유신이란 그 시대는 일체의 비판 세력을 몰염치하게 극단적으로 차단하고, 그들 권력자들만의 잔치로 이 나라를 종잡을 수 없게 시대적 빈사 상태로 몰아갔던 그 엄혹한 시대의 팽팽했던 어둠의 시대로 나에게는 떠올랐다.

"그래 캐나다로 가시어 무엇을 하셨어요?"

"처음 캐나다에 가서 정착하는데 무엇보다 힘들었습니다. 무엇보다 말이 통하지 않는 상황이 무척이나 성가셨고 그것을 극복하는데 또 다른 고통을 겪기도 했어요. 겨우 현지인들과 말이 소통되면서 그 나라의 무한한 개인에 대한 자유가 무척 부러웠습니다. 가방을 수출하는 일을 시작해서 처음에는 여러 가지 어려움이 많았지만 우리 가족이 살아가는 데는 별 지장을 받지 않을 만큼 경제적으로는 안정이 되었습니다."

"캐나다는 지구의 북쪽이어서 우리나라와는 환경이 그렇게 쉽지 않았을 텐데요?"

최씨가 이제는 짧은 머리카락의 사내를 향하여 그간의 그의 캐나다 생활을 이야기하기 시작했다.

"처음 그곳에서 삶을 시작하면서 가장 나를 괴롭힌 것은 왜 내가 나의 나라를 떠나서 이국 만리에서 이렇게 생판 모르는 곳에서 살아야만 하는가 하는 자의식으로 너무나 고통스러웠습니다. 그러나 사람이란 환경의 지배를 받아야 하는 나약한 존재란 것을 느끼면서 우선은 그 현실에서 살아야 할 수밖에 없는 절실한 현실에 적응해야 했습니다."

"참 고생이 많았겠군요, 우리 현대사에서 그렇게 한국을 떠난 사람들이 참 많았지요. 형씨도 그런 사람들처럼 그렇게 이역만리에서 생고생을 하셨군요."

바람이 서늘하게 불어왔지만 휴게실 주변은 여름철의 후끈한 열기가 이른 아침이었지만 서서히 차오르고 있었다. 태양이 이글거리며 휴게실 주변으로 가득 비치고 있었다.

어머니의 맞은 편 병상에서 40대의 여인이 다시 아픔을 호소하고 있었다. 그녀를 보살피는 남편인 사내는 아무런 표정의 변화도 보이지 않은 채 자신의 아내를 이윽하니 바라보면서 아내의 몸을 이곳저곳 보살피고 있었다. 우리 부부는 마음이 조마조마한 마음으로 그 장면을 바라보았다. 그 광경은 인간으로서 어쩌면 본능적인 행위처럼이나 어떤 판단도 유보시키는 그런 가여운 모습이라고 나는 그 순간 생각했다. 어머니는 비교적 안정되어서 잠에 들어 있었다. 모두가 생과 사의 현장인 암 병동에서 모든 입원한 환자들은 자신들의 처지에 대하여 침묵에 잠겨서 그들만의 생각에 빠져들어서 병실은 조용했다. 나는 다시 밖으로 나서서 엘리베이터를 타고 내려가 병원의 벽 옆에서 담배를 피웠다.

구름이 가득한 휴게실에는 사람들이 별로 없었다. 나는 최씨를 생각했고 머리카락이 짧은 사내를 떠올렸다. 이미 저 역사의 피안으로 사라진 사실에 대하여 사람들은 각자가 살아온 삶으로 그들의 지난했던 시절을 판단하는 것은 어쩌면 인간으로서 당연한 것일 수도 있다고 나는 생각했다. 특히나 캐나다로 날아간 그 사내의 단호했던 말들이 내 의식으로 다시 떠오르고 있었다. 불어오는 바람에 손에 들고 있던 담배 연기가 갈라져서 흩날리는 것을 물끄러미 바라보다가 나는 채 다 피우지 않은 담배를 쓰레기통에 버렸다.

김수영의 '자유'에 대한 시들이 머릿속으로 가득 떠오르고 있었다. 문학에서 시는 과연 얼마나 현실을 나타낼 수 있고 억압된 현실을 혁파할 수 있는 것인지 나로서는 채 가늠이 되지 않았지만 그러나 김수영이란 시인이 그렇게 부르짖던 자유를 나는 생각해 보았다. 그는 4·19를 깨뜨린 5·16에 대하여 민주주의의 종언을 부르짖는 시들을 쓴 시인이었다. 권력을 쥔 자에 의하여 역사는 그렇게 도도히 흘러간 것이다. 그 엄혹한 시절에도 사람들은 그런 차디찬 역사의 고통 속에서도 민주주의의 참된 흐름이 있어야 한다는 그런 생각으로 살아갔던 것이다. 그것은 어쩌면 모든 사람의 여망일 수 있는 중요한 근본적 문제였다. 김수영이 자유에 대하여 왜 그렇게 소리쳤을까. 그는 한 시대의 어둠 속에 갇힌 세월을 너무나 생리적인 감각으로 견디지 못했기 때문이었을까. 머리카락이 짧은 사내는 그것을 이민으로 실행하여 변모를 꾀했다. 이제 그의 아내가 병으로 돌아온 이 국립병원에서 과연 그는 어떤 희망을 느끼고 있을까 나는 그런 것을 생각해 보았다.

최씨는 좀체 모습을 보이질 않았다. 점심시간이 거의 끝나갈 즈음 더욱 말라 보이는 최씨가 휴게실에 그 모습을 보였다. 나는 목례를 하고 그와 함께 벤치에 앉았다. 역시 최씨는 담배를 꺼내서 불을 붙였다. 우리는 그저 그렇게 한참을 앉아 있었다.

"그 사람, 캐나다 교민이란 자 좀 이상하게 느끼지 않았어요? 저만 그 시절에 희생양인양 설치는 모습이란 못 봐 주겠더라구요."

"사람마다 고통에 대한 감도는 다를 수도 있겠지요. 저는 그의 고통을 이

해하는 편입니다."

힐끗 최씨가 매서운 눈으로 나를 쏘아 보는 기척을 느꼈다. 그는 담배연기를 길게 품어냈다.

"아무리 시대가 아픔을 주었다 하지만 자신의 조국을 버리면서 까지 이민을 간다는 것은 한국 국민으로서 구차한 짓이 아니겠어요?"

"아니지요, 그 사람은 정말로 그 시절을 이길 수 없었기 때문에 그럴 수 밖에 없었던 사람이에요."

나는 사실 내 의식 속에 떠오른 생각과는 다른 이야기로 최씨의 말을 거스르고 있었다. 그 사내의 단호한 말들이 왜 그런지 나 역시 그렇게 좋게 인식되지가 않은 소화되지 않은 음식물처럼 거북하게 생각했지만 나는 최씨에게 자꾸만 그 사내를 옹호하는 말을 하고 있었다.

"역시 평생을 선생님으로 계셨던 분이라 그런 모양이지요. 나는 그가 캐나다로 가서 우리가 사는 이 세상을 더러운 버러지가 살아가는 세상으로 폄하하는 듯한 그의 말의 뉘앙스가 지독히 혐오스러웠어요."

최씨는 내가 느꼈던 그 거북한 찌꺼기를 순식간에 간단히 말하고 있었다.

"몸은 좀 어떠세요?"

"이 놈의 병은 늘 그 모양이에요. 그저 하루하루 보내다 보면 어떻게 되겠지요."

우리의 주변으로 사람들이 몰려들어서 우리는 자리에서 일어났다.

치명적일 정도로 어머니 맞은편의 40대 여인은 고통을 24시간 동안 참지 못하여 그 자신도 의식하지 못할 정도로 견딜 수 없는 고통의 신음을 내쏟으면서 착한 그의 남편을 분주하게 하였다. 나는 그들의 이 이해되지 않는 상황을 어머니의 병상에서 지긋이 바라볼 뿐이었다. 그것은 인간으로서 견딜 수 없을 정도로 40대의 여자가 앓고 있다는 급박한 현실적 고통의 현장일 뿐이었다. 그 이외에 그 무슨 말을 할 수 없을 정도로 그 여자는 인간의 한계를 넘는 고통에 서서히 참혹하게 무너지고 있었다. 그 모습은 가엾다는 단순한 연민을 뛰어 넘는 인간의 한계를 느끼게 하는 참혹한 현실이었다. 그 여인의 견딜 수 없는 아픔은 암이 종잡을 수 없는 정도로 몸의 여기저기로 전이되어 어떤 한 부분으로 해결할 문제가 아니란 점이었다.

그 시대 70년대에는 대중들이 즐기는 가요까지도 그 시절의 권력자들은 자기들에게 조금이라도 거리끼는 문제로 검열을 통하여 금지를 함부로 매겼다. 특히 그 당시 많은 시위꾼들에게 많이 불려졌던 '아침이슬' 은 그 노래의 참된 내용과는 관계없이 금지가요로 묶였다. 송창식의 '왜 불러' 역시 그 당시 젊음을 통제하던 그들의 논리에 어긋난다하여 금지곡이 되었다. 신중현의 한국적 팝 역시 그 시대의 금지곡으로 되었다. 참으로 한심한 시절이었다. 모든 한국의 사람들은 유신의 이름으로 숨을 쉬어야 했고 그 시절의 이념으로 일사불란한 군대 문화의 경직된 생활로 살아야 하는 우습지 않은 세월을 많은 사람들은 살아야 했다.

50년대 이후 한국 사회의 민주적 역량을 위하여 모든 노력을 보여서 막사이사이상을 받았던 언론인 장준하 씨가 등산 도중에 실족사 했다는 청천벽력의 사건이 일어났다. 함석헌이며 많은 이 나라의 민주적 사회구현실현을 위한 수많은 인사들이 도처에서 일어나고 있었다. 그러나 그들 권력자들은 흔들리지 않은 철통같은 의지로 그들 민주화 부르짖는 사람들을 위협하고 경고하고 끝내는 유신법 위반으로 감옥소에 감금하여 버렸다. 모든 것이 유신이란 한국적 민주주의란 명목으로 그 시대를 재단하는 시대가 계속되고 있었다. 유신의 논리에 위반되는 기사로 D일보는 광고를 실을 수 없었고 전국의 민주화를 열망하는 독자에 의하여 백지광고라는 언론사 초유의 일들이 벌어지는 시대를 겪게 되었다. 그것은 절대 권력자들의 무소불위의 행태였다. 식민지 시대에나 있을 법한 일들이 그 시절은 연일 정당한 그들 권력자의 손에 의하여 자행되었던 것이다.

그리하여 나라의 위급함에 대하여 문학인들이 들고 일어나서 소위 '자유실천문인협회' 를 결성하여 유신시대의 권력자와 맞서기 시작하였다. 그러나 유신의 세력들은 앞장을 선 대표자들을 '동백림간첩사건' 으로 철저히 탄압하기 시작하였다. 최악의 시대였다. 한 권력자의 절대적 권력 유지를 위하여 이 나라는 온통 없는 법을 제정하였고 송곳 하나 꼽을 수 없을 정도로 그 시대의 민주화 세력들을 감옥으로 보냈다. 그것이 그 시대의 사실적 시대적 흐름의 현실이었다.

그리하여 1979년 부마사태가 발생되었고 YH여공 탄압사건이 일어났고 야당의 지도자는 그 지위에서 물러나야 했다. 그리고 절대 권력의 화신인 사람은 부하가 쏜 총탄에 의하여 절명하게 되는 국가 유고 사태가 일어났다. 그 뒤를 이은 신군부 세력은 재빨리 그들만의 새로운 권력의 울을 쌓았고, 국민회의 대위원회에서 새로운 권력자를 내세웠다. '서울의 봄' 은 그렇게 세월을 흘려보내야 했다. 그 시절의 뉴스는 '땡 뉴스' 라 하여 세계 그 어느 곳의 뉴스와는 다른 절대 권력자의 일거수일투족이 첫 꼭지의 뉴스에 올라야만 하는 시절이었다. 언론은 사상 초유로 신군부 세력에 의하여 통폐합의 절대적 통제를 받아야 했고 많은 잡지들도 그 시대 그들 권력자들의 시각에 거슬리면 단호히 그날로 폐간되는 일찍이 없었던 수난의 시대를 맞게 되었다. 좋은 문학 계간지들로 속속 폐간을 당했고 수많은 시인들은 그 시대에 맞서서 앤솔로지 형태의 작은 규모의 부정기 간행물에 시인들의 시대적 고통과 아픔을 표현할 수밖에 없는 그런 시절이었다. 정치적 지도자들은 구금이 아니면 가택 연금을 통하여 철저히 봉쇄되었다. 나라는 참으로 이상한 무리들에 의하여 함부로 굴러가는 고장 난 마차처럼 그렇게 통치되고 있었다.

며칠 뒤에 다시 최씨를 야외 쉼터에서 만났다. 이제 우리 두 사람은 적적한 병원에서 마치 오랜만에 해후하는 즐거움도 가지기 시작하였다. 쉼터

주변으로는 사람들이 자주 오가고 있었고 여기저기 환자와 가족들이 담소와 걱정스러운 이야기를 나누고 있었다. 우리 두 사람은 쉼터의 병원 건물과 맞닿아있는 귀퉁이 쪽으로 가서 우선 담배를 나누어 피었다. 최씨의 얼굴 표정은 한결 밝아있었고 어떤 좋은 일이 있는 사람처럼 미소를 머금고 있었다.

"무슨 좋은 일이라도 있으신 모양이지요?"

"아니, 그런 것 아니구요. 어제 큰 아이 부부가 튀김 닭을 사왔길래 그 한 마리를 다 먹어 버렸어요. 아이 부부가 무척 기뻐하는 모습을 지어서 아비로서 조금 흐뭇한 마음이 들었어요."

"그러셨어요. 세상에 병실에 입원했을 때 자식들이 가장 소중한 존재이겠지요. 자식이 없는 사람이 들으면 무척 부러웠겠습니다."

"뭐, 이제는 노인이 된 사람 자신이 제 힘으로 버텨야 할 때지요."

역시 최씨는 무척 단단한 사람이라는 인상을 풍기는 단호하면서도 날선 말들을 했다. 근처의 사람들의 소란스러움과 마지막 더위가 조금씩 쉼터 주변으로 가득했다. 어머니는 수술 후 편안한 상태로 쉬고 있었고 아내는 무료한 시간 속에서도 시어머니의 시중을 들고 있었다. 그 앞의 40대 여환자는 매일 잠속에 들어 있었다. 아마 아픔을 잊기에는 만사 제쳐 두고 잠에 드는 일밖에 없는 사람이란 듯이 그 여자는 깨면 남편을 걱정스럽게 했고 이젠 잠만 자고 있었다.

조금 따갑게 느껴지는 햇볕이 내리쬐고 있었지만 우리는 다시 이야기를 시작하였다.

"캐나다로 그 권력자 때문에 이민을 갈 수밖에 없었다는 그 사람의 말은 그 사람으로서는 절실성을 가지고 있었겠지만, 적어도 나에게는 80년대의 우리 경제는 무척 대외 세계 경제의 환경의 덕도 많았지만 완강한 절대 권력자로서 나름대로는 잘 통치를 한 시대라고 생각해요. 해외무역도 호조세

였고 국제 유가의 안정세와 더불어 권력자 자신은 전문적 식견이 없을 수도 있겠지만 사회적 질서를 무너뜨리는 무뢰배들을 청송 감호소로 보내서 사회정의를 어느 정도 이루었고, 무엇보다 그 통치자의 막후에는 뛰어난 이 나라의 기라성 같은 인재들을 고루 등용시켜 물가안정을 착실히 실천하였고 사람들은 경제적으로 편안한 삶을 유지하게 하였던 것은 참으로 잘한 통치였다고 생각해요."

나는 그의 말을 들으면서 지난 번 만해 마을을 찾았을 때를 떠올렸다. 이 나라가 왜족에 숨을 쉬지 못할 때, 승려이면서 독립지사로서의 만해 한용운 선사가 그곳에 머물면서 그 시대에 대하여 시 「님의 침묵」을 집필했던 것을 그곳을 걸으면서 뜨거운 마음으로 느껴야 했던 사실을 다시 생각했다. 그런 민족적 성지에 80년대의 통치자는 현대판 유배생활을 3년을 했다. 왜 하필 이런 민족적 성지에서 일세의 한 독재자가 머물러야 하는 지를 나는 참으로 아프게 느꼈다. 그것은 역사의 아이러니였다. 그 통치자는 그곳에서 절의 한 방을 차지하고 수많은 이 나라의 불교신자들을 만나고 있었다. 한 시절의 절대적 권력자로서 그의 위상에 대한 숭앙의 마음이 아닌 불교적 자비의 마음이 그 당시 이곳을 찾은 탐방객의 생각이었으리라고 나는 생각했다. 죄는 미워할 수 있지만 인간 그 자체는 미움의 대상이 아니라는 너무나 잘 알려진 평범한 불교적 진리가 그들 탐방객들을 이곳으로 오게 하였을 것이다. 그러나 그 권력자는 대기업으로부터 거두어들인 천문학적인 돈의 문제에서도 문제적인 인간이었다. 그것은 한 나라의 최고의 지위에 있었던 사람이 할 일은 아니었다. 그래서 모든 국민들은 분노하고 그를 향해 눈을 부라렸으리라.

"나는 그렇게 생각할 수가 없습니다. 비록 통치상 어쩔 수 없는 경우에 자신의 반대 세력을 단호하게 한 점도 있을 수 있겠지만 적어도 한 나라의 통치를 자기식으로 재단한 점은 참으로 우리 역사를 퇴보시킨 일이기 때문입니다. 그리고 권력의 자리에서 물러난 뒤 청문회에서 뇌물에 대한 분명한 태도를 밝히지 못한 점은 어떤 이유로도 이해되지 않는 문제라고 나는 생각해요."

"정치란 그런 것 아니겠어요. 한 집안에서도 아버지가 가진 재산을 아들딸들이 어떻게 할 수가 없는 것이 우리 한국적 유교적 가치관이 아니겠어요."

"그것은 유교적 가치관이 아니라 폭력적이고 지극히 이기적인 짓입니다. 어떻게 전 국민 앞에서 지난 시절의 너절한 과거사는 잊었고, 생각이 나지 않는다고 한 시대를 통치하던 사람이 할 수 있는 언행일 수 있겠어요!"

"우리의 민주화 역사가 짧아서 생겨난 문제이겠지요. 지금 우리나라도 제법 선진국에 진입하려는 순간에 있잖아요. 어느 정권이던 경제적 문제에서 자유로울 수는 없다고 나는 봅니다. 정경유착을 자행한 재벌들도 정신을 차려야 해요. 나는 그 문제는 그들도 일정하게 져야 한다고 봐요."

"권력을 무기로 요구하는데, 기업을 하는 사람으로서 안 줄 수 있습니까?"

최씨는 단호한 나의 말에 대답을 하지 않은 채 다시 새 담배를 피우기 시작하였다. 이제는 머리 위로 쏟아지는 따가운 햇볕에서 벗어나기 위하여 두 사람은 자리에서 일어섰다. 나는 천천히 거대한 벌집 같은 병원의 본관으로 걸어갔다. 우리가 동물의 세계에서 본 알 수 없는 신비한 병원 내부는 그 자체가 우리가 알지 못하는 자연의 생태계의 서식지처럼이나 처음 이곳을 들어선 사람들을 번잡함으로 몰고 가는 그런 장소라고 나는 생각했다. 그것은 아는 사람들에게는 그러한 조직의 한 작은 존재로 그 세계에서 자신의 일을 처리하고 더러는 한숨 섞인 가족들과 주변의 어지러운 인파로 언제나 이곳은 항구의 파시처럼 인파로 북적대고 있는 곳이었다. 그것은 오늘의 사람들이 그렇게 삶의 뚜렷한 목표를 향하여 저마다 병을 진단 받고 입원을 하고 수술을 받고 병실에서 회복을 기다리고 그런 반복된 일들이 끊임없이 확대재생산이 되는 곳이 이곳 대학병원의 구조적 순환구조였다. 그러니 자연 환자를 진단하는 의사들이나 돌보는 간호사들, 그 외 병원의 원무원들과 병원 내 청소를 담당한 사람들이 일사불란하게 맞물려서 정교하게 고도의 짜임새로 형성된 사회였다. 나는 그 사회구조가 거대한 흰 개미의 집단으로 여겨졌고 어떻게 이런 거대한 집단이 인간의 생사와 직결되어 정교하게 순환되는 지를 경이감으로 느끼고 있었다. 이런 구조에서 몇 시간을 기다린 뒤 담당의사의 짧은 말들에 불평을 한다는 것은 어쩌면 불필요한 불평일 수 있다고 생각을 하기도 했다. 환자 자신에게는 너무 불친절하게 느낄 수 있는 그 짧은 무성의의 시간은 그 환자들을 진료하는 하루 종일의 업무량을 가진 교수이며 의사들에게는 너무나 과중한 업무량이기 때문이다. 그것은 우리 시대의 어쩔 수 없는 일임에 틀림없는 현실이었다. 모두가 평등을 바라고 자신의 자유를 요구하는 것이 이 시대의 민주시민의 교양이라면 환자를 돌보아야 하는 의사들도 그만의 자유와 인간적 평등은 있어야 하니까. 그러나 사실 대학병원의 저 거대한 구조는 개인들에게는 언제나 늘 가혹하게 생각되는 것은 대학병원이 가진 어쩔 수 없는 메커니즘 때문이었다. 아프니까 우선 병원을 찾게 되고 그리고 빨리 그 병에서 벗어나고 싶은 갈망 때문에 환자들은 늘 그만큼 고통스럽게 병동에서 참선을 하는 스님처럼 마음을 비우는 일부터 해야 한다. 사람의 육체적인 질환은 수술을 하고 약을 복용하고 고칠 수 있다면, 우리 사회의 잘못된 구조는 어떻게 고칠 수 있을까.

내가 그동안 최씨와 저 머리털을 짧게 깎은 사내와 이야기한 것은 우리가 살아온 불행했던, 고통스러웠던, 억압을 강요받았던 시대에 대한 제 각각의 반응 때문이었다. 사람들은 자신의 세계관과 가치관의 의하여 자신이 살아온 시대에 대한 여러 견해를 가질 수는 있겠지만 그러나 모든 사람들에게 공통적으로 느끼게 했던 아니 억눌린 억울함 같은 것은 공통적인 것이었다고 나는 생각했다. 그것은 우리가 세월을 잘못 만나서 겪게 되었다는 그런 체념적인 사고에서 생각할 문제는 아니었다. 그것은 그 시대의 힘의 주체였던 국가를 경영했던 통치자의 무소불위의 비민주적 독단이었고 독재의 불화살을 국민들이 뒤집어 쓴 꼴이었다. 그것은 역사의 비극이었다. 그 시대를 움직인 권력 주변부의 왜곡된 국가에 대한 가치관 때문이었다. 최씨가 비록 자기 시대에 만족할 수 있었다는 것은 얼마쯤은 그의 남과 다른 뛰어난 능력 때문일 수도 있겠지만, 그 사람만큼 성공하지 못한 삶을 산 사람들에게는 잘못된 사회적 관행에 의해서 불행하게 한 점도 그 시대는 충분히 그 내부에 가지고 있었던 시대였다고 나는 생각했다.

일주일 뒤에 어머니와 우리 가족들은 S대학병원을 나왔다.

정복태

문예사조에 「혜국사」로 등단. 이후 「버드나무집」 「나른한 오후」 「깊은 산속 옹달샘」 「부처당 고개」 「용암마애불기」 「강물이 흘러가는 곳」 「은화식물」 등의 소설을 발표함. 금년(2015년) 첫 소설집 『강물이 흘러가는 곳』 상재. 한국문인협회상주지회 회장, 경북문인협회 부회장 역임. 한국소설가협회 회원, 제1회 경북작가상 수상.

尚州文學

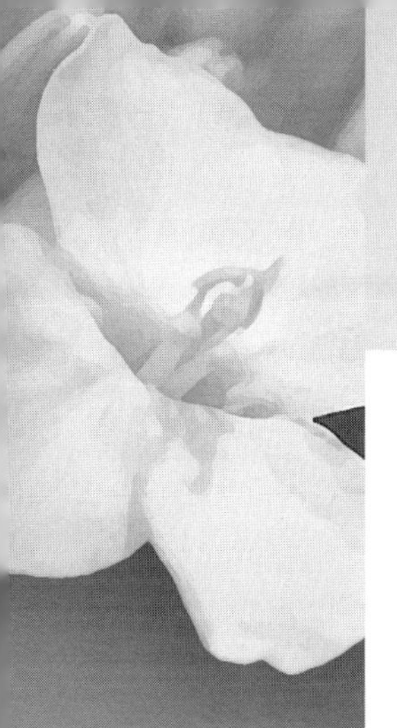

특집 II. 우수 입상작

제19회 상주예술제

대상 – 못자리 | 김아란

초등 운문 장원 – 우리 집은 마음의 병원 | 김시현

초등 산문 장원 – 책 | 권혜경

등 운문 장원 – 돌 | 장민영

중등 산문 장원 – 돌 | 양원희

고등 운문 장원 – 침 | 박소연

고등 산문 장원 – 풀밭에서 | 윤지인

제4회 상주 전국 청소년 낙강 백일장

대상 – 바람 | 한 일

초등 운문 장원 – 강 | 김경민

초등 산문 장원 – 강 | 조성은

중등 운문 장원 – 바람 | 황비단

중등 산문 장원 – 강 | 조용석

고등 운문 장원 – 바람 | 양지윤

고등 산문 장원 – 바람 | 김유진

제19회 상주 예술제 대상

못자리

김아란(상주여자고등학교 1-3)

별을 보면서
씨 뿌려본다

저 은하수가 뚝 떨어져
내 논이 되리라

울렁이는 수로에
밤 별빛이 담기면

내 자식이 된다
곧 내가 된다

못자리여,
내 꿈의 자리이며
우주가 들어설 자리

초등 운문 장원

우리 집은 마음의 병원

김시현(상주초등학교 5-3)

여기저기 찢어진
낡은 우산처럼
집으로 가면

온통 상처로 뒤덮인
나를 보며
말없이 나를 안아주시는 엄마

그 온기가 내 상처를
아물게 하네

그 온기가
날 웃게 하네

우리 집은
마음의 병원

초등 산문 장원

책

권혜경(상영초등학교 5-2)

책에 대한 나쁜 기억은 유치원 다닐 때였다. 글자를 늦게 읽게 된 나에게 동화책 읽는 시간이면 친구들 앞에서 떠듬떠듬 읽는 것이 창피하고 부끄러워 책 읽기 시간이 있는 날이면 유치원에 가는 게 너무도 싫었다.

하지만 부모님은 매일 나에세 짧은 동화책을 읽어주셨다.

그 중 재미있어 하는 '미운아기오리' 이야기는 몇 번이고 반복해서 읽어주셨고 그 덕분에 글자가 아닌 그림으로 책을 읽을 수 있게 되었다.

초등학교에 입학하면서 자연스럽게 책을 읽을 수 있었다.

책을 읽는 재미에 빠진 나는 그동안 그림으로 봤던 책도 읽게 되었고 도서관에 가서 책을 읽는 재미도 느꼈다. 책을 읽을 때마다 독서통장에 기록되는 책 제목들은 왠지 나를 부자로 만드는 것 같아 시간만 나면 도서관을 간다.

도서관에 가면 다양한 종류의 책들이 있다. 동화책, 만화책, 종이접기책, 소설책 등이 있다. 한번은 도서관 독서퀴즈에 응모해서 당첨이 되어 나도 이렇게 당첨이 되는구나! 하고 신기했다.

어느 날 집에 왔을 때 웬 박스에 책들이 들어있었다.

그래서 나는 엄마에게 물어보았다.

"엄마, 이 책들은 무엇이에요?"

"응, 이번 달부터 학습지에서 받기로 한 창의독서야."

책 읽기를 좋아하게 된 내가 다양한 책들을 일거 경험하지 못한 지식들과 생각의 힘을 기르는 데 도움이 되게 하려는 엄마의 마음을 알 것 같았다.

한 달에 읽게 되는 4권의 책이 많은 양은 아니지만 한 달 두 달 지나다보면 모르는 걸 알게 되는 재미가 쏠쏠하다.

지난주에 읽었던 '강을 건너는 아이들' 이라는 책은 북한에 사는 아이들이 강을 건너 남한으로 간 친구들과 가족들을 만나러 가는 이야기이다.

아이들이 북한에서 힘들게 산다는 걸 읽으며 '난 편하고 행복하게 사는구나' 라는 생각을 하게 되었다.

강을 건너 남한으로 가는 과정이 얼마나 험하고 힘든지…….

중간에 잡혀 수용소에 들어가지만 엄마와 삼촌, 누나를 만나기 위해 목숨을 걸고 탈출해 중국으로 간다.

만약에 내가 그런 상황에 처한다면 그럴 수 있을까? 죽을 수도 있는 상황에서 북한 아이들은 정말 용감했구나!

요즘 아이들은 인터넷이나 핸드폰 사용을 많이 하고 책 읽는 시간은 가지진 않는다.

책이 주는 즐거움을 알게 되어 책을 많이 읽었으면 좋겠다.

여행을 좋아하는 내가 커서 여행을 많이 다녀 여행에 대한 정보와 맛집, 여행이 주는 즐거움 등을 적어 많은 사람들이 보는 책을 쓰는 작가가 되고 싶다.

중등 운문 장원

돌

장민영(내서중학교 2-1)

내가 잘못을 저지를 때,
엄마는 무뚝뚝하게 나를 타이르신다
그런 엄마는 바위를 닮았다
내가 엄마한테 말대꾸를 하면,
엄마는 나를 남의 자식 보듯이 혼내신다
그런 엄마는 겉으론 둥글둥글 예쁘지만,
깎여 내려가 만들어진 몽돌을 닮았다
내가 혼이 나고 엄마가 화나신 듯 방에 들어가시면,
엄마는 남몰래 눈물을 훔치신다
그런 엄마는 마치 조약돌을 닮았다
엄마는 나를 통명한 듯 포근하게,
내 옆자리를 채워 주신다
그런 엄마는 내게는 마치 보석 같다

중등 운문 장원

돌

양원희(성신여자중학교 1-3)

"햇빛에 비추어져 빛나는 돌은 어느 것보다 아름다웠다."

하늘 아래서 앉아 개울가에 돌을 비추니 햇빛과 맞대어 영롱한 빛을 내었다. 항상 우리 주위에 존재하는 돌이지만 그렇게 보니 약간은 색이 다른 느낌이었다. 검은색을 띠던 돌이 그리 밝게 빛이 나니 아름다울 수밖에 없었다.

동생과 나는 돌을 좋아했다. 주위에 마음에 드는 돌이 있다면 무조건 주워와 집안을 돌 전시장으로 만들었다. 그런 것을 보고는 어머니, 아버지께서는 버리라고 하셨지만, 우리는 부모님들이 안 보이시는 곳으로 종종 숨기었다. 물론 어머니께서 청소를 하다가 찾으시면 우리는 그날 어머니의 잔소리를 온종일 들어야 했다.

그럼에도 우리가 돌을 모은 이유는 바로 정을 나눌 것이 필요해서였다. 어릴 때부터 어머니가 편찮으셨던 우리는 정을 잘 받거나 나누지 못하였다. 그런 연유로 우리는 돌을 주워 정을 나눈 것이다.

다른 사람들이 보기에는 안타깝다고 생각하겠지만 동생과 나는 그런 생각을 한 번도 해본 적이 없었다. 정을 잘 못 받은 것이지 아예 안 받은 것도 아니고, 우리는 우리대도 만족하기에 우리가 안타깝다고는 생각을 안 해보았다.

선생님께서 말씀하셨다. 행복은 기쁨, 즐거움에서 오는 것이 아니라 만족감에서 오는 것이라고. 만족하면 행복하다. 만족하면 행복하다. 만족하면 기쁘다. 나와 동생은 그 생활에 만족한 것이다.

그렇게 하루하루를 돌과 함께 하던 생활이 계속되고 한날 동생은 그 고사리 같은 손으로 나의 손을 잡고 푸른빛을 띠는 뒷마당으로 향하였다. 뒷마당에는 아직 이른 봄이지만 새싹이 돋아나고 있었다.

우리는 풀밭사이를 헤치고 나아가며 돌을 찾았다. 나는 하나하나 봐가며 돌을 줍고 있는데 동생이 갑자기 소리쳤다.

"누나! 이것 좀 봐봐!"

나는 금세 고개를 돌려 동생을 보았다. 하얀 이가 드러나도록 웃으며 동생은 우렁찬 목소리로 나에게 외쳤다.

"이것 봐! 내가 주웠어! 이쁘지?"

동생은 자기 손에 들려있는 돌을 내게 내밀었다. 그들은 약간 청색과 은색을 띠고 있었고, 비스듬히 깎인 것이 초승달 모양으로 은은한 분위기를 내었다. 나는 동생에 말에 고개를 끄덕였다. 어쩜 이리 예쁜 돌이 있는지 신기할 따름이었다.

내 손에 들린 돌들을 내버려두고 동생의 돌을 만져보았다. 아름다운 자태와는 달리 조금 날카로웠다. 우리는 그들을 가지고 집 안으로 향하였다. 집 안으로 가는 내내 나는 그들에게서 눈을 떼지 못하였다.

우리는 살며시 집 안으로 들어가서 조용히 방으로 갔다. 안도의 한숨을 쉬고는 살며시 책상 사이로 숨겨놓았다.

"들어왔니?"

어머니의 목소리가 거실에 울려 퍼지자 우리는 깜짝 놀래 금세 숨기고 뒤로 돌아,

"네!"

하며 우리는 거실로 나가 돌아왔다는 걸 확인시켜주고는 다시 방으로 돌아왔다. 우리는 그럴 때마다 위험했다는 듯이 서로의 얼굴을 보며 웃었다. 동생의 밝은 웃음이 나의 마음을 한결 편안히 했다.

그렇게 시간이 흐르고 1년, 2년, 3년, 4년이 흐를 때쯤 우리는 중학교 1학년이 되었다. 그쯤이 되면 더 이상 우리에게는 돌이 필요하지 않았다. 그저 그 사회에 적응하고 순응하면 됐다. 현재 우리사회에 정은 필요하지 않는다. 어른들에 말에 따르고 사회의 꼭두각시처럼 행동하면 되었다. 그런 사회생활에 지쳐갈 즈음 나는 며칠 전에 돌이 생각났었다. 나는 얼른 동생에게 물었다.

"야! 너 그 돌 못 봤냐?"

그러자 동생은 덤덤히 대답하였습니다.

"뭔 돌? 난 그런 거 몰라. 나가!"

동생의 말은 가히 충격적이었다. 모른다니, 그날 우리의 추억은 사라진 게 되었다. 나는 조용히 밖에 나갔다. 한참 걸으니 발밑에서 '툭!' 하는 소리가 났다. 발밑을 보니 약간의 하얀색을 띠는 조약돌이 내 발 주위에 굴러다니고 있었다. 나는 그 돌을 주워 먼지를 털어낸 뒤 주머니에 넣었다. 그러곤 구름 한 점 없는 맑은 하늘을 보며 생각하였다.

'돌은 없어도 돼.'

그날의 추억은 내 마음에 남아있다. 그들은 내 마음에 담겨져 있다. 그렇게 오늘도 나는 돌을 주우러 다닌다.

고등 운문 장원

침

박소연(상주여자고등학교 1-3)

심호흡 크게 하고
물 한 잔 마시고 올까?
마음 좀 진정시키고 하자

손가락 한 마디만한
주삿바늘 앞에서
나는 어린이가 된다
언제부턴가
내게 두려운 존재로
자리 잡은 녀석

아마 그 무렵이었을 거다
살면서 인생의 침을 맞는 것도
겁나기 시작한 건

사람들의 기대
성적문제
진로에 대한 걱정들
피하려고만 해서
될 일이 아냐
오늘 작은 침 하나를 이겨낸 것처럼
눈 딱 감고 괜찮다

고등 산문 장원

풀밭에서

윤지인(용운고등학교 2-3)

차갑고 어두운 도시에서 기계보다 더 정확한 하루는 내 자신을 뒤돌아볼 잠깐의 시간조차 주지 않았다. 이 도시에서는 모두들 자신의 이익을 위해 소리치고 싸우며 경쟁 속에 하루를 보냈다. 그들이 뱉는 한마디 한마디는 마치 칼과 같이 나에게로 날아온다. 칼은 듣는 이의 몸에 생채기를 내며 아물지도 못하도록 곪아버린다. 언젠가부터 나 또한 칼과 같은 말을 하여 칼로 하여금 다른 이의 몸에 생치기를 남겼고 내가 날린 칼들은 언제나 나에게 다시 돌아와 내 몸에도 생채기를 남겼다. 나 또한 그들 속에서 그들을 닮아갔고 그들의 일부가 되어갔다. 나의 짐이 넓어질수록 마음은 가난하고 좁아졌다.

오랜만에 찾아간 시골 고향집에는 이제 사람의 기운은 찾을 수 없었다. 나를 반겨주는 것은 대문에 넓게 펼쳐져 있던 풀밭뿐이었다. 그리운 마을에 잠시 앉은 풀밭은 나를 덥석 끌어안아 눕게 하였다. 풀밭은 내가 온 것이 반갑다며 따스한 햇볕과 살랑이는 바람을 선물하였다. 풀밭은 나를 잊지 않았다. 나 또한 풀밭에서의 소중한 순간들을 잊지 못했다.

봄이면 풀밭에 들꽃을 꺾어 화관을 만들어 누님께 드리면 누님의 수줍고 따뜻한 미소에 함께 즐거웠고, 여름날이면 계곡에서 놀다 흥건히 젖은 옷을 풀밭에 누워 말리며 노래하는 매미와 개구리와 함께 살을 그을렸다. 가을이면 풀밭은 눈 속에 파묻혀 모습을 감추고 숨었다가 눈이 녹고 다시 햇볕이 고개 들면 또 언제 그랬냐는 듯이 안녕한 모습을 보여 주었다. 특별할 것 없는 집 앞 풀밭에서.

그 시절 나는 너무나 행복하고 풍요로웠다.

그리운 풀밭에서 추억은 내 몸을 흠뻑 적셔 피폐해진 마음을 씻어주고 몸에 난 생채기를 치료해 주었다. 이곳은 여전히 그 때처럼 소중한 추억들을 안고 있었으며 그 추억은 나를 다시 풍요롭게 했다.

풀밭에서 바람은 쉬어가고 작은 곤충들은 뛰놀며 새들은 하늘에서 내려와 날개를 접고 쉬어갔다. 숲에서 잠깐 내려온 야생동물들에게는 안식처가 되어 주어 나 뿐만 아니라 많은 생명들을 오랫동안 돌보고 있었다. 추억 속에 나를 돌봐 주었던 풀밭은 다시 그들과 함께 나를 안아주었다.

시간이 지나 어느덧 해가 숨어 하늘이 붉게 물들어 해를 그리워하자 나도 몸을 일으켰다. 풀밭에 안겨 추억을 느꼈던 짧은 반나절의 시간은 나에게 도시에서 보냈던 힘들었던 나날의 상처를 치료해주었고 앞으로도 보내게 될 도시생활을 버틸 수 있도록 격려해 주었다. 언젠가 내가 다시 돌아올 이 풀밭을 뒤로하고 나는 다시 차가운 도시로 몸을 옮겼다.

기계 같은 삶과 사람들로 하여금 여전히 생채기를 입지만 나는 이제 콘크리트와 시멘트 속에서 내 마음속 한편에 풀밭을 들여 언제든 추억 속으로 돌아가 나를 치료할 것이다. 또한 내 마음 속의 풀밭으로 하여금 시골집의 풀밭처럼 누군가를 보살피고 안아주어 포근한 풀 잎 안에서 휴식을 느끼도록 할 것이다. 그렇게 내 풀밭에 있던 그 사람이 자신의 마음에도 풀밭을 키우고 그 풀밭에서 다시 누군가를 돌보게 된다면 이 도시도 시골집의 풀밭처럼 아름다운 안식처가 될 것이다.

2015
상주 전국
청소년
낙강백일장
대 상

바람

한 일(상주 함창중학교 3-2)

아아, 당신은 이 외로운 무대의 행복한 방랑자,
그대는 주인공인 듯하면서도
빛날 틈 없는 칠흑의 조연,
누군가는 저리도 찬란히 빛나는데
그대는 어째서 남들에게 슬픔을 안겨주었다는 까닭으로
손가락질 속에 불투명히 잊혀져야 하는가

한 가지 원통한 것이 있다면
당신 스스로,
당신 스스로 아무 말 없이
침묵을 유지하고 있다는 것

그대는 누구도 가질 수 없는 자유로움을 가지고 있는데
자유를 망각한 이들에게 당신의 대사를 빼앗기고 있다는 것이
억울하지도 않으신가요
누군가는 시련 뒤에 꽃을 피우는데
그 시련에는 당신이 필요하다는 것을 저들은 모르는데
그대,
왜 호소하지 않는가요

또 어디론가 떠나네
발 디디는 새로운 곳에서는
당신의 목소리를 들려주오

초등 운문 장원

강

김경민(김천 대덕초등학교 6-1)

태백의 외로운 골짜기
아무도 찾지 않아 황지가 된 곳에서
졸졸졸 소리를 내며 기지개를 켠다

움츠렸던 몸을 펴며 서로를 위하듯
우리의 젖줄 낙동강을 이루어

우리 마을 앞을 지나
가끔은 굽이쳐 밭을 일구고
때로는 곧게 흘러 논을 일구고
비바람에 넘실거릴 때도 있지만
곳곳의 목마른 이들의 달콤한 음료가 되어
고마운 우리의 강, 낙동강

흐르는 사이 자신의 것을 다 내어주고
구석구석 돌고 돌아 큰 바다 남해로 향하는
우리의 생물, 낙동강의 꿈을
우리는 늘 곁에 두고 바라보며 닮아간다

초등 산문 장원

강

조성은(상주초등학교 5-3)

얼마 전, 서울 한강으로 놀러 갔었다. 여러 개의 다리와 높고 낮은 건물이 내 마음을 사로잡았다. 텐트를 쳐 놓고 휴식을 취하는 사람, 물놀이 하는 사람, 운동하는 사람, 등 등 많은 사람이 한강에 많이 있었다. 우리 가족은 여벌옷을 가져오지 못해서 물에 발만 담그려고 했다.

그런데 나의 눈에 포착된 것은 과자봉지와 다 먹고 버린 아이스크림 막대, 비닐봉지, 종이 찢어진 것 등 여러 쓰레기였다. 쓰레기가 떠다니는 강을 보니 저절로 입에서 '윽–' 하는 신음이 나왔다. 다른 사람들도 나와 같이 기분일 것이다. 집이 어지럽혀져 있으면 드는 그런 기분……. 다들 아는데 아무도 쓰레기를 주워 버리려고 하지 않았다. 아무도 강을 자신의 집이라고는 생각해 보지 않았다. 너무 사람들이 괘씸했다. 하지만 정작 나도 주워버리지 못했다. 많은 사람들이 나를 이상한 시선으로 바라볼 것 같기 때문이었다.

한 사람이 먼저 용기를 내어 하면 여러 사람이 같이 해 준다는 이런 멋진 말을 알았는데도 나는 행동하지 못했다. 지금 와서 괜히 강에게 미안해졌다. 강은 나에게 많은 것을 해주는데 나는 강에게 하나 조차도 아니 몇 초만 움직이면 되는 그 행동을 해주지 못했다. 강은 맛있는 민물고기의 집이 되어 민물고기를 키워주고, 우리의 식수가 되어 주고, 재미있는 물놀이터도 되어 준다.

강은 많은 것을 주는데 사람들은 강에게 해를 입히고 있다. 멀쩡한 쓰레기통이 있는데 강에게 쓰레기를 버리고 폐수를 많이 버려서 강을 오염시킨다. 물고기도 죽이고 강도 죽이는 연쇄살인과도 같은 행위인 것이다. 사람들은 정말 무시무시한 행동을 하고 있다.

한 번 뱉은 말은 주어 담을 수 없는 것처럼 한 번 훼손시킨 강도 되돌리는 것이 무척 어렵다는 걸……. 알면서도 하는 건지 모르면서 하는 건지는 몰라도 끔찍한 행동을 하는 것이다. 역시 제일 사악한 동물은 사람이라는 말이 맞긴 맞는 것 같다. 상주에 있는 낙동강도 녹조현상이 일어나 녹조 때문에 물고기들이 빛을 받지 못하고 있다. 그러면 물고기들도 식물들도 살 수가 없을 것이다. 강이 오염되면 제일 피해 받는 건 사람이다. 깨끗한 물을 마시지 못할 것이고, 민물고기는 물론 바닷고기도 잘 못 먹을 것이다. 강의 물이 바다로 나가니 바다도 지장이 있을 건 당연하다. 깨끗한 물을 못 마시면 식중독이 걸릴 수 있고, 자칫하면 죽을 수도 있다.

사람이 오염시킨 강 때문에 사람이 죽는다는 것은 지금 사람들이 멍청한 짓을 하고 있는 것이다. 지금 이 강은 어쩌면 조상들이 물려준 강이 아니라 우리 후손에게 빌려 쓰고 있는 강일지도 모른다. 그러니 후손에게 깨끗이 물려줘야 한다. 나라도 먼저 강을 살리는 일에 힘쓸 것이다. 나는 평소에 펑펑 짜서 쓰는 샴푸의 양도 줄이고, 강의 쓰레기도 버리지 않으며, 쓰레기가 보이면 주울 것이다.

내가 하는 사소한 행동이 강에게 도움이 되었으면 좋겠다. 강 살리는 일에 힘써 서 다시 맑은 물이 졸졸졸 흐르는 강으로 되살려 후손에게 돌려줄 것이다. 오염된 강 뒤에 숨은 아름다운 강의 모습을 보고야 말 것이다!

중등 운문 장원

바람

황비단(상주여자중학교 2-1)

나는 이 다음에 바람으로 살 것이다

그 아무도 신경 쓰지 않고
이 세상 저 세상을 누비며
자유롭게 날아다니는 바람으로 살 것이다

때론 시원한 여름바다처럼
또는 따스한 엄마품 같은 햇바람처럼
그 누구에게나 필요한 바람으로 살 것이다

땀을 흘리는 농부에게 땀을 식혀주고
소풍가는 아이들에게 신나게 해주기도 하고
가을 하늘 아래 금빛 물결도 만들어 주는

모두에게 행복과 희망을 주는

나는 이 다음에 바람으로 살 것이다

중등 산문 장원

강

조용석(상주중학교 3-7)

어릴 때는 강에서 노는 게 그렇게 좋을 수가 없었다. 지금은 물에 몸을 담그면서까지 노는 경우는 잘 없지만 요즘은 가만히 서서 강물 흘러가는 걸 보는 게 좋다. 어떻게 이렇게 된 것일까?

어릴 때, 우리 집 앞에 강이라고 부르기엔 작지만, 개울이라고 하기는 좀 그런 애매한 강 하나가 있었다. 깊이도 적당하고 참 놀기 좋은 장소였다. 여름에는 매일 같이 논 것 같다. 그러다가 내가 물놀이는커녕 몇 년간 강가 근처로 가지 않으려 하게 했던 일이 두 번이나 있었다. 난 기억을 못하지만 6살 때 일이다. 할머니 집에 놀러 가서 물놀이 하고 있는데 내가 강에 빠져 죽을 뻔했다는 것이다. 난 그 일에 대해 기억하지 못하지만 지금도 물에 들어갔을 때 발이 안 닿으면 왠지 모르게 무섭다.

두 번째는 9살쯤의 일이다. 겨울에 빙판이 된 강 위에서 놀다가 그만 앞으로 엎어져 아랫입술 부근이 찢어져 버렸다. 급히 대구 병원으로 가서 수술을 받았지만 흉터는 아직도 남아 있다. 그때부터 몇 년 동안은 강 근처도 가기 싫었다.

그러다 중학생이 되고 나서 이사를 했다. 이사한 집은 자전거로 5분 정도 되는 거리에 꽤 큰 강이 하나 있었다. 주변의 큰 도로가 있어 옛날처럼 놀진 못했지만 강을 보고 있는 게 재밌어졌다. 일종의 사색의 시간이랄까. 강을 보고 있자니 내 마음이 편안해지고 정화 되는 느낌이다.

어느 소설에서였나. 이런 구절을 봤던 기억이 난다. 인생은 굽이굽이 흘러가는 강에서 항해하는 것이라고, 너무 멋진 말이라 기억하고 있었다. 어쩌면 내가 강물 흐르는 걸 보는 걸 좋아하는 것도 내 인생이 잘 흐르길 바라는 무의식이 아닐까? 생각해 본 적이 있다. 노을빛을 받아 흐르는 강은 정말 아름답다. 계속 보게 하는 묘한 중독성이랄까? 그것 때문인지, 오늘 나는 강을 보러간다.

바람

양지윤(상주 중모고등학교 2-1)

그날 밤 꿈속엔
바람이 나왔다

바람이 가는대로
몸을 맡기우는
나는 풀잎이었다

바람이 어지럽힌 대로
일으켜 준 대로
울고 웃는
나는 풀잎이었다

바람 부는 추운 날
나의 옆에 꽃피운
노오란 복수초

찌르르한 마음 속
나의 꽃잎도
보랏빛 고개 내민
그 날부터
나는 풀잎이었다

나는 풀잎이었다

고등 산문 장원

바람

김유진(상주 상지고등학교 1-정)

사람들은 세상에 태어나서 한번쯤은 접해보는 것은 자연에 속하는 바람이라는 존재입니다.

태아에서 아기로, 아기에서 아이로 점점 성장해 나갈 때마다 우리들과 함께한 아름다운 바람, 누군가에게는 슬픔의 단어이기도 하고, 누군가에게는 기쁨의 단어입니다. 여러분들은 바람에게 무엇을 느끼고 있습니까? 한 사람, 한 사람 개성이 있는 것처럼 그 한 사람에게도 바람에 대한 추억은 제 각각이겠죠. 어느 한 사람은 바람으로 인해 가족이며 집을 잃었을 테고 또 다른 누군가는 바람으로 인연을 맺어지기도 하겠지요. 바람은 항상 누군가와 함께 있습니다. 지금 당신의 곁에도 바람은 존재합니다. 당신이 힘들어 할 때에도 당신이 즐거워 할 때에도 바람은 그림자와 같이 우리를 따라 다닙니다.

집으로 걸어갈 때, 조금 생각을 하면서 걷고 싶을 때, 항상 내 곁에 찾아와 주는 고마운 바람이란 존재입니다. 혹시 여러분 '어린왕자' 라는 책을 알고 계십니까? 어린왕자가 말했듯이 바람이란 존재는 우리들 눈에는 보이지 않습니다. 공기만큼이나 소중한 바람, 자연 중에서도 소중하지 않은 것이 있을까요? 세상에는 여러가지 자연이 있습니다. 꽃도 존재하고, 풀도 존재하고 나무 또한 존재합니다.

바람은 지상의 것으로 여기기는 어려운 존재지만 인간과 함께 공존하며 살아가는 존재입니다. 혹시 여러분들은 바람이 사라진다는 것을 상상해 보셨습니까? '공기가 사라진다면' 이란 궁금증은 수없이도 나왔지만 바람은 사라지는 것에 대한 궁금증은 아직 생성되지 않았습니다. 세상의 모든 사람들은 바람은 그저 스쳐지나가는 존재로만 여기고 있어서 평소에는 신경조차 쓰지 않습니다. 공기도 몰론 평소에는 별 생각 없이 살겠지만 처한 상황이 다른 사람들에게 공기라는 존재가 너무나도 소중하게 여겨지지 않을까요? 바람이라는 존재가 필요한 상황은 존재하더라도 과연 몇 건이나 될까요? 이렇게 생각할 만큼 평소 사람들은 바람에 대해 전혀 신경 쓰지 않습니다. 이제부터라도 바람에 대해 관심을 기울이는 것은 어떨까요?

세상에 태어나 어머니라는 존재보다는 바람이라는 존재를 먼저 접하면서 태어나는 경우가 많습니다. 바람은 공기와 같은 정도로 고마움이 많은 존재입니다. 가령 예를 들어 네덜란드란 나라가 있습니다. 네덜란드는 대표적으로 풍차가 존재하는데요. 그 풍차를 돌아가게 해주는 원동력은 바람입니다. 네덜란드는 바람으로 아름다운 풍경을 유지할 수 있는 비결이 됩니다. 단 소량의 전기도 사용하지 않고, 자연만으로만 가동되는 풍차, 바람의 힘은 이렇게 사람들의 즐거움이 될 수 있습니다. 내가 달릴 때도, 내가 숨을 쉴 때도, 항상 우리 곁을 지켜주는 존재, 한없이 자유로운 존재이면서도 어떻게 보면 우리들이 닮고 싶은 존재, 우리들이 되고 싶은 모습을 간직하고 있는 것은 바람이라는 존재입니다. 생명이 있는 것이라면 누구나 자유라는 것을 원하게 됩니다. 나 또한 자유라는 것을 만끽해 보고 싶은 충동이 있습니다.

하지만 인간은 바람이 아닙니다. 자유로운 것을 쉽게 느낄 수 있는 존재가 아니지요. 인간은 얻기 어려운 것일수록 더욱 갈망하는 존재입니다. 그래서 사람들은 돈에 열광하고 하지요. 바람은 항상 곁에 있기 때문에 사람들은 바람을 소유하고 싶어 하지 않습니다. 생리학적으로 생성되는 바람도 자연이 있고, 지구가 있고, 공간이 있다면 존재 가능한 존재이므로 사람들의 관심은 다른 곳으로 쏠릴 수밖에 없게 됩니다. 바람은 쓸데없는 존재까지는 아니지만 사람들에게 관심을 받는 존재입니다. 사람들도 자연에게 바람도 관심을 주지 않으면 꽃처럼 시들기 마련입니다.

바람은 자연에 속하는 우리 지구의 보물입니다. 제2의 지구라고 불리는 화성에는 과연 바람이 존재할까요? 우리는 태어날 때

바람이 가장 먼저 마중을 나왔지만 제2의 지구인 화성에서 태어나는 아기들은 바람의 마중이 아니라 단순한 사랑의 마중을 맞이하게 될 것입니다. 소중한 것일수록 막 대한다는 말도 있습니다. 무엇보다도 소중하게 여기지 않으면 잃을 수밖에 없습니다. 공기가 지구의 꽃밭 같은 존재라면 바람은 지구에게 어떠한 존재일까요? 단순한 이물질? 아닙니다. 바람 또한 지구의 꽃과 같은 존재입니다. 소중하게 여길수록 그 존재의 가치는 한층 더 올라갑니다. 자연이준 선물인 바람은 네덜란드의 국민뿐 아니라 아프리카의 열대기후에 사는 민족들도 바람은 신성한 것이라고 여기고 있습니다. 아름다운 자연 중 하나인 바람을 우리들은 소홀히 해서는 안 됩니다. 내 자식같이 생각하고, 내 몸과 같이 생각하며, 바람을 아끼는 사람들이 많아진다면 좋겠고, 세상을 아름답게 할 수 있는 바람을 사랑할수록 있도록 노력하겠습니다. 자연의 일부를 우리 인간의 손으로 지킬 수 있도록 좀 더 지구를 사랑하고, 바람을 사랑하는 사람이 되었으면 좋겠다는 바람입니다.

尙州文學

특집 Ⅲ. 낙강시제 시선집 중 강과 물의 시

시

김동현 김주완 박순남 박하리
신표균 양선규 연명지 함동수

동시

김귀자 김종상 김진문 김영기
노원호 문삼석 남석우 정용원

어머니의 강

시

김동현

멀리 강천(江天)으로 등(橙)빛 같은 노을이 번졌다 꺼지고
엄마 산소자락에 어름대며 서 있던 내 등 뒤로
끄느름하게 고우(苦雨)마저 내리는 밤.
한 세상 내던져 버리고 통음하며 명정(酩酊)하고픈 이런 날 밤이면
헝클어져 있던 기억 한 가닥 빼꼼 풀려나온다.

국수 이십 원어치면 둘이 한 끼를 때울 수 있어. 얘야, 저 아래 통장집 가서 국수 이십 원어치 사오렴. 아이는 헤- 웃으며 나선다. 아장아장 판잣집들이 만든 솔숲 같은 낮은 골목길을 타박타박 걸어 내려요. 물은 끓는데 한참이 지나도 아이는 오지 않습니다. 엄마는 갓난아기를 어르며, 창 너머로 내다봅니다. 아이는 저만큼 꼭 골목 굽이만큼씩 구불구불 걸어오고 있습니다. 국수 가락 하나씩 뽑아 먹으면 쏙쏙 맛있어, 이빨 새에서 톡톡 분지르는 소리도 즐거워, 달착지근한 단물은 끝내주죠. 입 안 가득 엄마가 심부름시켜준 행복함이 고여요. 엄마가 저기서 빨리 오라고 손짓하네요. 아이는 후다닥 걸음을 재촉합니다. 집에 왔을 땐 국수는 벌써 반나마 줄어들어 있었지요. 그래도 내처 엄마는 머리를 쓰다듬으며 끓는 물에 웃음 묻은 국수를 넣습니다. 양념장 한 숟갈에 김치를 얹어 먹는 국수 맛이란.

두 손 가득 들고 한 조각씩 쪼개어 먹어본 추억의 맛이란
강심의 모랫등 섬은 하루 종일 생각에 잠겨 있고요
어머니 무덤 전두리를 따라 지난 초봄에 심어논 팬지꽃이
명주(明紬)바람에 쌍긋이 웃어 보입니다.

김동현

문학박사, 현)부산외국어대학교 외래교수, 한국문협 중앙위원, 동북아문학회 회장, 전국문학인꽃축제 운영이사, 문학아카데미 김 박사의 창작교실 원장, 부산대?양산대 외래교수, 한국문협양산지부장, 경남문협 이사, 양산예총수석부지회장 역임, 시집『이쑤시개꽃』『사계의 미토스』, 저서 ??한국 현대시극의 세계??, 한국꽃문학대상, 경남문협우수작품집상, 양산예술인상, 양산예총 공로상.

물소리를 그리다
– 기우도강도*

시

김주완

나갔다. 물소리를 만나러 강가에, 날마다 나가 귀 열고 하루 종일 살폈다. 망초꽃 줄기를 차오르는 물소리, 쥐 오줌 번진 고서의 책갈피에서 연기처럼 새어나오던 그렁그렁 중시조의 가쁜 숨소리, 젊은 어머니의 가슴으로 휘돌아 나오는 한숨 소리 보았다. 만나서 보다가 읽으며 들었다. 흐르고 흐르는 소리.

그리고 싶었다. 물소리를, 밤마다 그리는 진경산수화, 간절한 물소리의 사경(寫景), 온전한 소리가 그려진 화첩을 꿈결에 펼치고 또 펼쳤다.

그렸다. 붓을 들어 강줄기 그득한 물 위에 섶다리를 세웠다. 지게 짐 진 초동 두엇 앞세우고 갓 쓴 노인이 지팡이 짚고 다리를 건넌다. 지나온 한 생의 무게가 강의 서쪽 끝으로 기우는데 산자락 마을의 키 큰 나무 아래 키 낮은 집들 참 가지런하다. 소 등에 올라탄 아이 옆으로 젊은 유생이 소 등에 앉아 나란히 강을 건넌다. 어린 송아지 한 마리 하얗게 물속을 뒤따른다. 세상의 세월이 대대로 흐르는 강물 자락, 그들이 듣고 있을 물소리는 보이지 않는다.

남겼다. 언젠가 눈 밝은 자는 볼 것이라 화폭 여백에 구석구석 물소리를 숨겼다. 차곡차곡 접어서 풀숲에 찔러 넣은 물소리, 물소리, 긴 강물 소리.

* 기우도강도(騎牛渡江圖) : 단원 김홍도의 진경산수화. 병진년 화첩 제7폭.

김주완

1984 현대시학 등단, 시집 『오르는 길이 내리는 길이다』 『그늘의 정체』 외, 카툰에세이집 『짧으면서도 긴 사랑 이야기』, 저서 『미와 예술』 『아름다움의 가치와 시의 철학』 외, 한국문협 이사 역임, 현)경북문협 회장.

시

강가의 가을

박순남

가을 햇살은 염료다
갖가지 빛으로 노란 염색을 하는 은행나무
배추벌레는 배춧잎으로 공짜 염색을 하고
강이 후원하는 주말농장도 갖가지 색채로 깊어간다
물고기는 강의 빛깔로 채도를 맞추고
키 큰 포플러는 머리에 찰랑찰랑 금빛 물이 든다
참새 떼의 소란이 몰려드는 모래톱
버드나무미용실로 우르르 달려가는 참새 떼
참새들의 수다로 미용실은 북새통이다
눈 맞은 참새가 둥지를 옮긴 얘기
처마 아래 태풍을 견딘 거미집 소식
낡고 늙은 버드나무미용실이 공중에 떠 있다
가타부타 이웃의 이야기에 물든 저녁이 온다
강가의 일상이 올올이 풀리는
왁자지껄한 버드나무미용실이 문을 닫는 저녁
수수대가 가려운 귀를 털며 붉은 머릿결 날리고
형형색색의 염색을 서두르는 가을이
새의 겨드랑이 속으로
나무의 나이테 속으로
강의 모래톱으로 스민다
염료가 바닥난 가을이 붉은 노을에 첨벙대고 있다

박순남

2012년 예술가 등단, 2012년 방송대문학상 수상.

서검도

시

박하리

논둑길에 천 년의 눈꽃이 피었다. 한겨울 꽁꽁 얼었던 얼음장이 깨어지고 뒤엉켜 바다로 흘러든다. 밀고 밀리며 떠내려 온 얼음이 섬 둘레를 가득 메운다. 어디에서 흘러온 얼음인지 알 수가 없다. 겨울의 전장은 섬을 건너 건너 또 건너에서 벌어졌을 것이다. 바다가 온통 폐허다. 외줄에 묶여 있는 여객선은 얼음 위에 마냥 앉아 있다. 육지로 향하는 발들이 선착장에 묶여 있는 동안에도 얼음은 끊임없이 섬으로 밀려든다. 선창가의 보따리들이 얼음 밑으로 가라앉는다. 얼음이 힘 빠진 여객선을 바다로 밀어낸다. 얼음이 잠자는 섬을 먼 바다로 끌고 간다. 바다는 포효하고 얼음덩어리들은 춤을 추어도 섬은 잠에서 깨어나지 않는다. 겨울을 지키려는 바람이 아직도 바다를 휩쓴다. 발길 돌리는 논둑길에 천 년의 눈꽃이 피어있다.

박하리

2012년 계간 리토피아로 등단, 계간 리토피아 편집장.

물의 길

시

신표균

먹구름이나 밀림 속은 늘 분주하다
끈적거리는 수다와 침 튀는 토론은
태초의 침묵을 흔들어 깨우기 일쑤
얼굴 붉히기 직전까지 가서야 내린 결론,
물의 입자들이 길라잡이로 나서기로 한 것이다

다람쥐가 종종걸음으로 다진 오솔길로
도토리 굴리듯 흐르는 물소리에
귀가 뚫린 음악가는 노래 부르고
주린 영혼 자처하는 시인은 문자의 허기 채운다

시와 노래가 물길 따라 새 길 넓혀 나가면
바다는 표만간에 하얀 뱃길 엮어주는 여유 부리지만
사람들은 그 길로 대륙 건너 다니며
예수가 물 위를 걸어간 흔적 찾기를 단념하지 않는다

지표수가 아래로만 흘러 바위는 에둘러 가고
웅덩이 만나면 잠시 숨 고른 후, 징검다리가 발목 잡으면
윗마을 소식 아랫마을에 전해주고 강나루 걸터앉은
나룻배 안부 궁금해 기웃거리기도 하다가
바다에 다다라서야 새삼 오래 머물 곳 아님을 알아차릴 즈음

지하수는 등고선 따라 산봉우리 까지 거슬러 올라 가뭄에
옹달샘 만들고 마을로 내려와 우물을 파기도 하는데
스스로 출생지는 알은 체 하면서도 귀향할 목적지가 아리송한지
흘러온 길 자주 뒤돌아 눈여겨본다 '염하윤상(炎下潤上)'!
불은 내려오고 물은 올라가는 길(道) 찾기나 한 것인지

신표균

대구문인협회 부회장, 한국문인협회 달성지부 회장 역임(현 고문), 한국문인협회 대외협력위원, 《심상》「우산 하나」 외 3편 신인상 등단, 시집 『어레미로 본 세상』『가장 긴 말』『참꽃』(편저) 『달성100년 참꽃 1000년』(편저), 논문「김명인 시의 길 이미지 연구」 외

영월의 별

양선규

영월의 별들은 맑은 강물에 뜬다
유난히 빛나는 별은 시와 함께 산다

사철 푸르게 흐르는 동강은 그 별과 시를
가슴속에 묻고 천년을 흐른다

양선규

충북 영동 출생, 1998년 현대시학으로 등단, 대전광역시 미술대전 초대작가, 시집『튼튼한 옹이』, 현)큰시 동인으로 작품 활동.

사월의 이름표

시

연명지

아무도 접근할 수 없는 크기로
아무도 다다를 수 없는 무게로
쓰나미처럼 부푸는 통증

고통에 절여진 어미들 어깨를 들썩이며
방파제마다 떠돌고 있다
머리를 풀어헤친 바다는 잠든 체하며
침묵으로 입 다물고

삼백여 명의 심장을 숨긴 바다는
절망스럽게도 스스로를 반성하지 않는다
귀를 대보면 제 살을 긁어내리는 울음이 쏟아진다
배 안에 갇혀 위태한 시간을 통곡하던 아이들은
물방울이 되어 구름의 크기를 검게 부풀리고

맹골수도를 뒤지자 돌아오지 않는 이름표들이 쏟아진다
셀 수 없이 불러본 이름들
바람이 찢어놓은 물거품의 일부가 되고

구름의 눈자위 붉다

연명지

한국문인협회 회원, 미네르바작가회 회원, 2013년 톨스토이 문학상 수상,
월간 시문학 등단, 시집 『가시비』

뗏목, 길

시

함동수

월악산 영봉(靈峰)에 달뜨고 삼년이면 강물이 트인다는
북하회(北河回)의 갑오(甲午)년
큰 염원이 이루어진다는 전설을 따라
뗏목은 물길을 열었다

정선 아우라지의 여량(餘糧)을 떠난 뗏목이
동강을 지나 충주호를 지나 굽이굽이 숱한 계곡을 지나서
한성 마포에 다다르는 뗏목, 길

주천 빈양산 앞은 강폭이 넓어 뗏목도 쉬어간다는
부론(富論) 강나루 허름한 주막집에도 왁자지껄 목상들이
흥청거렸다는 전설을 들으며

먼 계곡에서부터 뗏목을 띄우고
지나는 곳곳에 밥과 술을 나누었다는 풍요의 마음으로
강물 따라 두루 나누며 지나갔다는
여량(餘糧)의 전설이 새롭다

끝내, 북한강과 남한강이 두물머리에서 합수하여
한성으로 흘러들었다는 정선 뗏목의 마지막 전설을 들으며
그 중심을 지르며 흐르는 물길을 더듬어 가는 마음이
한반도를 아우르는 힘이다

함동수

현)용인예총 수석부회장, 전)용인문협 지부장, 사)한국문인협회 남북교류위원회 위원, 경기문학상, 경기예술대상 수상 외, 시집 『하루 사는법』 외, 논문 「박목월 기독교적 특징연구, 고향상실과 시쓰기」 외, 공저 《용인문단, 유완희의 문학세계》

물안개

동시

김귀자

스물스물 김이 오른다.
강물이 새벽밥을 짓나보다
얼마나 많은 밥을 짓기에
저렇게 김이 많이 나는 걸까?
강가에 둘러 선 나무들
하나 둘 모습을 드러낸다
밥 먹을 시간이
되어가나 보다

김귀자

강원도 원주 출생, 2000년《믿음의 문학》에 동시 신인 문학상, 시집『백지 위의 변주』로 문단활동 시작, 동화집『종이 피아노』, 시집『백지 위의 변주』, 동시집『반달귀로 듣고』외, 한민족 문학상, 아름다운 글 문학상, 천강문학상 등 수상, 한국문협, 펜문학, 한국동시문학회, 한국아동문학연구회, 가톨릭문인회, 안양문학회 회원, 현)미래동시모임 동인회 회장.

같은 물인데도

동시

김종상

부엌에 가면 밥을 짓는다
화장실에 가면 변기를 씻는다
같은 물인데도

세탁소에서는 빨래를 한다
병원에서는 피고름을 닦는다
같은 물인데도

곡식을 가꾸기도 하고
논밭을 쓸어 묻기도 한다
같은 물인데도

김종상

1960년 '서울신문 신춘문예' 동시 「산 위에서 보면」 당선, 한국시사랑회 회장, 한국아동문학가협회 회장, 국제펜 부이사장 역임, 문학으로 대한민국문학상, 대한민국5·5문화상, 대한민국동요대상 등, 교육으로 경향교육상, 경향사도상, 한국교육자대상, 대통령표창 등 수상, 현)문학신문 주필, 한국문협, 국제펜, 현대시협, 자유문협, 세계문협 고문.

강물아, 흘러라!

동시

김진문

봄이 왔다.
꽃 피고 새 우는 봄날이 왔다.

낙수야, 잘 있느냐?
사호강아, 잘 있느냐?
곰강아, 잘 있느냐?
아리수야, 잘 있느냐?

버들치, 금강모치, 어름치야, 잘 있느냐?
꺽지야, 쉬리, 은어야, 잘 있느냐?
피라미야, 모래무지도 잘 있느냐?
잉어야, 각시붕어야, 미꾸리도 잘 있느냐?
남생이, 자라야, 너도 잘 있느냐?

물방개야, 물땡땡아, 물매암아, 너도 잘 있느냐?
게아재비야, 장구애비야, 물장군아, 송장헤엄치게야, 너도 잘 있겠지?
날도래야, 강도래야, 꼬마 하루살이야, 모두모두 잘 있느냐?
참개구리야, 맹꽁이야, 두꺼비야, 수달아, 너도 무사하냐?

강 따라 물 따라 갈대밭에 놀던
도요새야, 물떼새야, 가마우지야, 콩새야, 개개비야, 물총새야, 재두루미야, 고니야.
모두모두 잘 있느냐?

낙수의 금빛 모래야! 사호강의 민들레야, 아리수의 황쏘가리야! 곰강의 갯버들아!

모두 잘 있느냐?

봄이 왔다. 강 따라 물 따라 새 울고 꽃피는 봄날이 왔다.
보리밭 들판에 아지랑이 피고, 여울에 복사꽃잎 흐르는 봄날이 다시 왔다.

여울아, 냇물아, 강물아, 흘러흘러, 휘도는 바람따라, 구름따라,
곰같이, 뱀같이, 종달새처럼, 느릿느릿 흘러가거라. 구물구물 흘러라.
너 갈대로 가거라.
아름다운 이 강산에

*낙수, 사호강, 곰강, 아리수: 낙동강, 영산강, 금강, 한강의 옛 이름이다.

김진문

1985년 어린이문학 무크지 《지붕 없는 가게》에 동시 발표로 작품 활동, 2002년 《월간 어린이문학》 주관 전국 동시공모 당선, 제3회 어린이문학상 수상, 1995년 《월간 우리교육》 전국학급문집 공모에서 최우수상을 수상, 어린이 시집 『풀밭에서 본 무당벌레』, 주제별 교훈 동시집 『마지막 나무가 사라진 뒤에야』, 한국작가회의, 경북아동문학회, 울진문학회장, 현재 경북 울진초등학교 근무.

물은 흐르면서

동시

김영기

낮은 데로 자리하는
겸손을 일찍 배워
센 물살도 다독이며
조약돌 굴리면서
물굽이 굽이진 사연
엮어가며 흐른다

빈곳을 채워내고
가득 차면 덜어내어
폭포에 부서지는
너의 상처 나의 아픔
새벽 강
물안개 풀어
씻겨내며 흐른다

흐르다 막히면
멈췄다 비켜가도
끝내 간직하고픈
꽃 향만은 몇 점 실어
강 같은 평화의 노래
합창하며 흐른다

김영기

1984년 제1회 《아동문예》 신인문학상 동시 당선으로 등단, 『날개의 꿈』 외 5권의 동시집과 『소라의 집』 등 동시조집 2권이 있음, 10회 《나래시조》 신인상 당선 후 『갈무리하는 하루』 시조집을 펴냄, 제30회 한국동시 문학상, 제9회 제주문학상을 받음, 2014년 4학년 1학기 국어 교과서에 「이상 없음」 동시가 실림, 현재 제주시조시인협회장.

강물은

동시

노원호

강물은 강물이라서
서로 어깨를 맞대고 흘러가는가
누가 먼저 가려고 다툼도 않고
누가 누구를 미워도 않고
저들끼리 다정히 흘러만 간다
물이 흐려 앞길이 보이지 않으면
서로서로 차례로 손잡고 가고
갈 길이 멀어도 누구 하나 앞서지 않는다
그러면서도 햇빛 밝은 날은
제 속을 들여다보며
부끄럼 없이 살아간다

노원호

매일신문(74년), 조선일보(75년) 신춘문예 동시 당선, 동시집 『바다를 담은 일기장』 『꼬무락꼬무락』 『공룡이 되고 싶은 날』 등, 대한민국문학상, 세종아동문학상, 방정환문학상, 소천아동문학상 등 수상, 현재 사단법인 새싹회 이사장.

넉넉한 강물

동시

문삼석

세상으로 떨어지거나 솟아난 물들은
낮은 곳에 모여 서로를 껴안습니다
껴안은 물들은 작은 도랑물이 되고,
다시 더 껴안아 맑은 개울물이 됩니다
빈 곳이 있으면 보는 족족 달려가
한가득 몸으로 메워주고,
나뭇잎이나 하찮은 지푸라기들도
하늘처럼 머리 위에 떠받들고 갑니다
때론 천 길 낭떠러지를 만나
온몸이 갈래갈래 부서지더라도
아픈 손과 발 다시 내밀어
더욱 단단히 껴안고 흐르는 물,
그 꼭 껴안은 물들이 모이고 모여
바다를 향해 나아가는 강물이 됩니다
푸른 하늘 가슴에 가득 안고 흐르는
넉넉한 강물이 됩니다

문삼석

1941년 전남 구례 출생, 1963년 조선일보 신춘문예 동시 당선, 동시집 『산골 물』 『이슬』 『우산 속』 『바람과 빈 병』 『그냥』 등 다수 발간, 소천아동문학상, 대한민국문학상, 윤석중문학상, 열린아동문학상 등 수상 다수, 현)한국아동문학인협회 고문 등.

바다의 꿈

남석우

까만 속까지 뒤집어 젖히는
태풍이 온다 한 들
꽃놀이 꼬이는
봄바람이 분다고 한 들
고등어, 멍게, 다시마……
헤아릴 수도 없는 가족을 생각한다면,
태양의 등쌀에 냇물들이
지레 겁을 먹고
맡긴 연어까지 생각한다면,
장마철
흙탕물, 쓰레기더미
비에 젖은 농부의 아픔까지
잊지 않고 소금 쳐 놓아야 하니,
단 하루만이라도
맡길 곳이 있다면
날개를 달아 볼 텐데,
떠난다는 꿈은 살아 있지만
그 꿈은 그냥 꿈으로 끝나는 걸까
하얀 숨 들이쉬고
까만 속을 달래고 있다

남석우

대구문학, 아동문학 평론을 통해 등단, 발간 시집 『짜지 않은 詩, 싱겁지 않은 童詩』 『엄마, 동생 말고 친구 하나만 낳아 주세요』, 한국문인협회, 대구문인협회, 대구아동문학회 회원

고향 그 옛 강

정용원

반짝 반짝
금모래로 누운 옥구슬 강물엔
은어 떼 온몸에 하얀 해를 달고
별똥처럼 퉁겼지

발가숭이들 퐁당거리며
물속의 구름 배를 타고 놀았지

그래서 해님은 벙글벙글 웃어 주었고
골짝마다 나무들은 초록물 짜 내리고

바람은 산새들의 노래를
똘또르르 합창으로
강물에 녹여 내려 주었지

고향 마을 앞, 소리 내며 흐르는
가슴 속 그 옛 강

정용원

『아동문학평론』 천료(동시), 『자유문학』천료(수필), 동시집 『산새의 꿈』 외 10권, 동화, 소년 소설 3권 외 수필, 칼럼, 아동문학논문 다수, 2015년 초등 3-1 국어교과서에 동시 「미술시간」 수록, 한국문학백년상, 한정동아동문학상, 경남도문화상, 한국아동문학창작상, 현대아동문학상, 울산아동문학상, 경남아동문학상, 한국교육자대상, 한국동요작곡지도상 수상, 한국동시문학회장, 한국문협이사, 한국문협거제지부장, 울산아동문학회장 역임, 현재 국제PEN한국본부 이사, 한국문인협회정책개발위원, 새싹회원, 한국동시문학회 명예회장, 동심문학사랑방 대표.

尚州文學

특집 IV. 낙강시제 문학 강연

강희근

천상병의 「귀천」 이야기

강희근

1.

천상병의 연보는 아래와 같다.

1930년 1월 29일 일본에서 태어남. 2남 2녀 중 차남.

1945년 중학 2학년 때 해방. 귀국 마산 정착.

1949년 마산중학 5년 재학 중 담임교사이던 김춘수 시인 수선으로 시 「강물」이 《문예》에 첫 추천됨.

1950년 미국통역관으로 6개월 근무.

1951년 전시 부산에서 서울상대 입학. 송영택, 김재섭 등과 같이 동인지 《처녀》 발간. 문예지 평론 「나는 거부하고 저항할 것이다」 전재.

1952년 시 「갈매기」가 《문예》 추천 완료.

1954년 서울상대 수료(중퇴).

1956년 《현대문학》에 월평 집필, 이후 외국서적을 다수 번역.

1964년 김현옥 부산시장의 공보비서(2년간).

1967년 동백림사건에 연루 체포됨. 6개월간 옥고.

1971년 영양실조로 거리에서 쓰러짐. 행려병자로 서울시립정신병원에 입원됨. 생전에 유고시집 『새』 발간.

1972년 친구 목순복의 누이동생 목손옥(상주 출생)과 결혼.

1980년 경기도 의정부시 장암동으로 이주 정착.

1984년 시집 『천상병은 천상 시인이다』 발간.

1985년 천상병문학선집 『구름에 손짓하며는』 발간.

1987년 시집 『저승 가는데도 여비가 든다면』 발간.

1988년 간경화증으로 춘천의료원에 입원함. 기적적으로 회생.

1990년 시집 『괜찮다 괜찮다 다 괜찮다』 발간.

1993년 동화집 『나는 할아버지다 요놈들아』 발간.

1993년 4월 28일 별세.

2.

천상병 시인은 일본에서 태어나 마산 진동면이 고향이라 해방 이후 마산으로 와 정착했다. 마산에서는 몇 년간 중학을 다니고 곧바로 대학을 갔으므로 부산으로 갔다가 수복 후 서울로 간 것으로 되어 있다. 그리고 그는 중학 5학년 때 시인으로 데뷔했으므로 올배기 시인이었다. 그의 이력 중에 서울상대 중퇴건이 있는데 그 일화는 유명하다.

대학 4학년때 서울상대 지도교수가 천상병에게 한국은행 추천서가 와서 천상병을 추천하려 하는데, 한국은행원이 될 좋은 기회이니 아무쪼록 받으라고 했다. 그랬을 때 천상병은 화를 버럭 내면서 나는 시인인데 또 무슨 직업이 필요합니까? 했으나 지도교수는 직업을 가지고 시인을 해야 하는 것이 순리라고 우겼다. 결국 천상병은 지도교수가 말을 듣지 않고 학교에 자퇴서를 내고 자퇴해버렸다. 그의 문인으로서의 길은 그 무슨 길과도 병행하는 것이 아니라는 자세를 견지했다. 아마도 천상병은 우리나라 시인들

중에서 처음으로 의도적으로 취직을 하지 않은 사람으로 기록이 된다 하겠다.

그런데 1964년 김현옥 부산시장의 공보비서로 2년간 근무한 것으로 기록되어 있다. 어찌된 일인지 알 수 없다. 2년간 다 근무한 것인지, 이름만 걸어놓고 나오지 않았던 것인지는 알 수가 없다. 이쪽의 비화들이 남아 있을 것인데도 아는 사람의 기술이나 전언이 전무하다. 김현옥 시장은 진주 출신으로 수필을 써내는 수필가이기도 했다. 김현옥과 소설가 이병주 사이에 얽힌 비화가 재미있는데 천상병과는 어떤 비화를 남기긴 남겼을 것으로 생각되지만 아쉽게도 잡히는 바가 없다.

1971년에 그는 행방불명이 되어 친구들이 십시일반 돈을 거두어 유고시집을 내어 주었다. 이때 그는 죽은 것이 아니라 술만 먹고 다니다가 영양실조에 기력 상실로 길바닥에 쓰러져 있어 행려병자로 신고가 되어 시립병원에 입원되어 있었다. 이때 친구 동생의 간호로 살아나게 되고 결국은 그녀와 결혼했다. 그녀는 상주 출신 목순옥이다. 목순옥은 산청에서 열린 천상병문학제에 해마다 참여해 격려사를 했는데 그와 관련된 이야기들도 만만찮다.

여기서 황명걸 시인의 글 「천상병과 나는 베를렌과 랭보처럼」(『천상병을 말하다』, 2006, 답게)을 소개할까 한다.

문단사에서는 명동시대라는 한 에폭이 그어지는데 그때는 1950년대로 그 무대가 명동을 중심으로 을지로 입구와 소공동 초입 그리고 충무로1가 일대로서 이루어졌다. 명동에는 다방 갈채와 음악다방 엠프레스가, 소공동 초입에는 문예회관이, 을지로 입구엔 동방살롱이 있어 거기에 각기 현대문학, 문학예술 출신의 시인 소설가들이 그룹으로 모여들었기 때문이다.

이 시기에 소위 '3기인'이 등장해 숱한 이야깃거리를 제공하는데 그 으뜸으로 천상병이요, 다음이 김관식이요, 다다음으로 이현우가 뒤따른다.

어떤 이는 박봉우, 심재언까지 포함시켜 '5대기인'을 치기도 한다.

아무튼 이들 기인들은 문자 그대로 남다름이 공통적으로 분명하지만 개성만은 제각각 다르다. 천상병이 익살꾼이라면 김관식은 도사형이요, 이현우는 거지신사인데 박봉우가 우국지사 형에 심재언은 샌님거지다. 우리에게 심심찮은 에피소드를 남겨 즐겁게 하며 사랑받고 있는 천상병, 그는 도대체 어떤 위인이관대 인구에 회자하는가.

(이하는 소제목만 달기로 하고 생략한다.)

– 약관에 금메달 두 개를 딴 2관왕

– 그의 손 내밀기는 무욕의 굴절적 표출

– 아씨시의 성 프란치스코를 흠모하며

– 쌍과부집 어린 아들녀석을 울리다

3.

천상병 시인의 대표작은 말할 것도 없이 「귀천」이다. 천시인은 천주교 신자이고 그의 아내 목순옥은 개신교 신자이다. 만년에 천시인은 아내 따라 교회에 주로 다녔으나 개신교로 개종하지는 않았다.

귀천(歸天)

나
하늘로
돌아가리라
새벽빛 와 닿으면 스러지는

이슬 더불어 손에 손을 잡고

나 하늘로 돌아가리라
노을빛 함께 단 둘이서
기슭에서 놀다가 구름 손짓하면은

나 하늘로 돌아가리라
아름다운 이 세상 소풍 끝내는 날
가서 아름다웠더라고 말하리라

이 시를 읽으면 바로 시인이 크리스천임을 알 수가 있다. 이 세상 삶의 끝에는 하늘로 돌아간다는 확고한 믿음을 가지고 있기 때문이다. 크리스천이 하늘로 가게 된다는 것은 상식이지만 이를 믿음으로 표현하는 일은 쉽지 않은 일이다. 돌아가는 일도 어쩔 수 없이 간다는 것이 아니라 흔쾌히 기쁘게 간다는 것이다. 그것만이면 그는 신자로서 성공한 삶을 산다고 말할 수 있을 것이다. 그리고 천시인은 이 세상 사는 일은 순례의 여정임을 내비치고 있다. 신의 뜻에 따라 정해진 과정 곧 순례의 길을 가는 것이 삶의 여정이라는 믿음, 그것은 보편적인 의식에 녹아있는 것이지만 입으로 말을 하면 가정 근사한 고급한 인생론이 되는 것이다.

이 세상에 사는 동안 인간들은 수많은 고통과 번민의 물굽이를 지나가며 한숨 속에서 산다고 해도 과언이 아닐 것이다. 그렇지만 천 시인은 그런 고통과 번민이 어찌 없었겠는가. 그럼에도 이 세상살이가 소풍처럼 아름답다고 하는 것이다. 그의 눈에 세상이 소풍이면 그는 소풍의 삶을 산 것이고 그의 눈에 슬픔이면 슬픔의 삶을 산 것이 될 터이다.

천상병은 살면서 시 이외의 목적으로 돈을 번다는 것이나 이해관계에서 산다거나 하는 것을 싹둑 잘라버리고 살았다. 오히려 그것이 주변을 불편하게도 했을 것이다. 그러나 그는 시에다 삶을 걸어놓고 어린이처럼 웃고 즐기며 온갖 이야깃거리를 만들었다. 그 이유가 무엇이었을까? 사람들은 그런 쪽에서 좀 황당하다는 느낌을 받을 수 있었을 것이다.

천상병은 말한다. 시로써 그 이유를. 그는 이 세상 소풍을 왔고, 이슬과 기슭과 노을과 풀잎 더불어 자연 속에서 자연이 되어 신의 섭리 속으로 들어간 것이라고.

4.

필자는 천상병문학제 초창기 「귀천」 시비가 지리산 중산리에 세워지고 행사를 하고 하는 사이 「귀천시비」라는 시를 쓰게 되었다. 아래 그 내용이다.

귀천시비

'귀천시비' 서고 난 뒤
천왕봉이 시를 읽기 시작했다
동켠으로 앉으면
머얼리 남강가 기생이 나왔다가
들어간 흔적 살피며 지루 덜어내고

눈을 더 아래로 다잡을 땐
붓대롱에 목화씨 세 낱 넣어갖고 와
세상에 퍼뜨린 일

그 일의 순서를 몇 번씩 풀어보는데

아니다 아니다
하늘이 울어도 울지 않는
천석들이 종이지
수염 꼿꼿 붙이고 사는
선비
팔자걸음으로 가는 정신이지

거기 늘 눈 내리고 비 내리다가 사태져
쓸리는 양지짝
어슬렁거리던 시인 천상병의
'귀천시비' 섰다

서고 난 뒤
이슬과 노을
구름과 하늘이 제 이름으로 걸어 다니고

천왕봉이 제 이름 걸고
시를 읽기 시작했다

이 시는 천상병의 「귀천」에 대한 화답 시이기도 하고, '귀천시비'의 의미를 말하는 시이기도 하다. 천 시인이 노래한 「귀천」은 건강한 자연이 자연의 본래 모습으로 있다는 것이므로, 그 시로 인해 지리산이 역사의 공간으로 숱한 애환을 지니고 있는 그 환경을 문화적 공간으로 본래적 공간으로 바뀌게 될 수 있음을 말하고 있는 셈이다.

지리산은 말하자면 신이 창조한 섭리대로 천연적 의미와 평화와 문화적 공간으로 거듭날 수 있다는 것을 집약한 구절이 '천왕봉이 시를 읽기 시작했다' 이다. 투쟁도 벗어던지고 이념도 벗어던지고 역사의 상흔도 집어던지고 오로지 자연, 신이 이룩한 풍광의 세계로 귀환하는 노정이 필요한 것임을 강조했다. 지리산은 이제 천상병과 더불어 여기까지 왔다.

강희근

경남 산청 출생
서울신문 신춘문예 시 부문 당선(1965년)
국립 경상대학교 인문대학장 역임
국제펜한국본부 부이사장 역임
현) 한국문인협회 부이사장
시집 『프란치스코의 아침』 등 17권

尙州文學

특집 V. 본회 창립 30주년을 맞은 소고(小考)

정복태

상주문협 창립 30주년을 맞이하는 감회

정복태

지금 한국 사회는 문화적 인프라가 우리나라의 삼면 바다에서 금방 잡아 올린 생선처럼 살아서 이 사회를 벌컥이게 하고, 국민 모두는 그런 문화적 환경 조성에 너나없이 열심히 생산하고 그 속으로 깊이 들어가서 그 문화를 향유하는 현상으로 필자는 기꺼운 마음으로 알고 있다. 확실히 우리 국민들은 과거 전통적 빈곤의 의·식·주에서 벗어나면서 이제는 과히 문화의 시대라 하기에 조금도 부족함이 없을 정도로 오히려 과유불급의 조금은 지나칠 정도의 마음으로 많은 국민들이 문화에 대하여 관심을 증내시키는 시대에 접어든 현실적 사실인 것만은 분명해 보인다.

서구 문화사에서도 중세 암흑시대를 깨뜨리며 중세의 가톨릭 문화의 무거움에서 벗어난 새로운 인간적 자유를 추구하면서 이탈리아를 중심으로 일어난 '문예부흥운동(renaissance)' 은 14세기 말에서 16세기 초까지 피렌체를 중심으로 요원의 불처럼 번져 타오르면서 모든 방면에서의 암흑기적인 모든 것을 몰아내면서 새로운 휴머니즘에 입각한 인간 존중의 사상과 다방면의 예술적 성취를 이룩한 세계사의 미증유의 사건이었다.

이미 많은 사람에게 알려진 한반도의 큰 성읍국가를 이룩한 상주는 고려, 조선을 거치며 수많은 그 시대의 대표적인 문인들을 가진 대단한 명성을 빛냈던 곳이었다.

특히 상주를 말할 때 흔히 '삼백의 고장' 이라 지칭하여 쌀·누에·곶감의 생산지란 이 땅에 두루 알려진 명산지로 유명하였지만 사실, 숭유척불정책으로 국시를 삼았던 조선 시대 선비들은 한양에서 치러졌던 과거 시험에서 그들의 미래가 결정되었다. 조선의 반, 영남의 반, 그 중에서 반이 상주 선비들이 그 시절의 과거 합격생이란 사실을 우리는 익숙하게 알고 있다. 상주는 이제는 공원으로 조성된 왕산공원이 그러한 역사적 사실에 입각하여 바로 '장원봉'이라 칭하여졌고, 상주의 삼악 중의 가장 큰 봉우리인 갑장산에도 그런 역사적 사실을 상징하는 '문필봉'이 건재하는 역사적·지리적 사실에서도 우리는 그것을 명확하게 확인할 수 있다. 그만큼 상주는 예로부터 드넓은 농지와 산자수명한 아름다운 곳으로 글을 하는 선비들의 고향이었다는 것을 우리는 오늘 자랑스럽게 돌아볼 수 있다. 이러한 상주는 선비들과 의식주의 걱정 없는 민초들의 이상향이었다.

일찍이 5, 60년대 현대문학의 태동기에 '황토부락', '열하문학' 그 뒤를 이은 '삼백문학회'가 줄을 이어서 이러한 문향인 선비고을 상주의 문학의 텃밭을 가꾸어 왔었다.

문학은 우리가 사는 그 사회의 가장 중심에 존재하는 성감대다.

상주란 '추로지향'의 역사적 웅도에서는 고려 시대부터 조선 시대까지 이 땅의 문학적 중심이었던 상주에서도 그러한 아득한 선조로부터 내려온 문학적 재능과 열기를 우리는 잊을 수 없어서 드디어 1985년 2월에 한국문인협회 소속의 상주문협을 창립하여 그해 6월에 당시 한국문인협회 이사장이신 소설가 김동리 선생에게 정식 문인협회로 인가를 마치게 되었다.

그 옛날 상주를 거쳐 간 그 수많은 유학자, 선비들, 한시로 그 시대를 읊었던 선조들이 계셨기에 이 웅도의 상주를 더욱 문화의 고을로 살찌웠다.

상주에서 문학을 논할 때 절대적으로 중요한 인물은 바로 시인 박찬선이다. 그는 '황토부락', '열하문학', 그리고 '삼백문학'에 핵심인물로 관여하면서 상주문협을 태동시킨 일등 공신이다. 1976년 '현대시학'에서 전봉

건 시인의 추천으로 문학적 아우라를 쌓아올린 그는 특히 『돌담 쌓기』, 『상주』, 『세상은 나를 옻을 먹게 한다』라는 시집을 통하여 문학적 변방에 있는 상주란 곳을 우리나라의 중심적 문학적 토양으로 끌어올렸다. 특히 '상주 연작'을 통하여 우리가 살아가는 상주를 범한국적 시적 공간으로 비상시키는 지난한 작업을 하였다. 그리고 박찬선 시인은 상주를 대한민국의 문화의 중심으로 끌어올리려는 힘든 작업을 계속하여 지금도 왕성한 활동을 하고 있는 상주의 참으로 뛰어난 선비다. 그는 현재 상주문화에 대한 활동과 특히 상주의 동학 연구에도 각별한 관심과 열정을 불태우고 있다.

한국문인협회상주지부의 결성식은 1985년 2월 5일 오후 7시 상주문화원(왕산 뒤 서성동)에서 있었다. 백수(白水) 정완영 선생님과 지역사회 유지 여러분을 모시고 베풀어졌다. 결성식 전의 인사말을 그대로 옮겨본다.

우리 고장 상주는 예부터 농경문화를 가꾸어온 유서 깊은 고장이요 충절과 선비의 고장으로 이름이 났습니다. 그러나 문향으로 빛났던 고도(古都) 상주는 산업사회의 그늘에서 발전과는 거리가 먼 정체(停滯)와 소외(疏外)의 외오진 길만을 걸어 왔습니다.

이제 희망에 부푼 새봄과 함께 향토에 대한 사랑과 발전의 뜨거운 바람이 고조된 때를 맞아 저희 동호인들은 일찍이 동시의 마을로 이름난 영예를 되찾고 문화시민으로서의 긍지를 가지며 지방문화시대의 개막에 어깨를 나란히 하고자 모임의 뜻을 모았습니다.

창작을 통하여 향토문학 육성에 기여하며 향토문학의 천착(穿鑿)이 한국문학에 참여하는 길임을 명심하고 향토문화 전반에 대한 관심의 폭을 넓혀 이를 캐고 가꾸는 문학적 형상화의 작업을 줄기차게 추진할 것임을 다짐합니다. 문학은 인간성을 대변하고 옹호하는 보루입니다. 전도된 인간의 가치를 바로잡고 인간애에 바탕을 둔 문학적 성취를 위해 노력하겠습니다.

오늘 한국문인협회상주지부의 결성은 지금까지 이 고장에 부침해온 황토부락동인회(黃土部落同人會), 열하문학동인회(熱河文學同人會), 삼백문학회(三白文學會)의 맥(脈)을 잇고 이를 계승(繼承) 발전시켜 나갈 것을 밝혀둡니다.
……

박찬선 지부장의 인사말을 통해 문협이 지향하는 의지와 사명을 읽을 수 있다. 그리고 상주지역의 문필인들이 두루 참여하여 공동의 광장을 마련한 셈이다.

한국문인협회(이사장 김동리)의 등록인준은 1985년 6월 4일자로 받았다. 지부 구성은 초대 지부장 박찬선, 부지부장 장두철, 김재수, 사무국장 양상길, 회원으로는 권태을, 권형하, 김경자, 김연복, 김한수, 민병덕, 박두필, 신덕수, 신숙자, 이계명, 이창모, 이상우, 장원달, 정복태, 정현숙, 조재학, 최춘해, 홍기 등 23명이 참여했다. 시와 시조, 동화, 동시, 소설 등이 그 분들의 면면이었다. 23명의 창립회원들 중 이미 유명을 달리한 분들도 계시고 다른 도시로 옮겨 사시는 분들도 있고 이제는 문필에서 멀어지신 분들도 계시는데 한 세대의 시간적 변모는 오늘의 우리로 하여금 인생의 무상감을 느끼게 한다.

상주문협의 기관지 《상주문학》은 그 이후 여러 사정에 의하여 1987년 7월 15일자로 그 창간호가 대구의 도서출판 대일에서 간행되고부터 어언 금년 2015년에 즈음하여 제27호를 속간(續刊)하게 되었다. 열악한 경제사정은 상주문협 기관지를 발간하는 데 매우 지난한 일로 그 힘든 노정은 일찍부터 큰 어려움으로 예고되었다. 이러할 때, 그 어려움을 뚫게 해준 분이 초대 부지부장인 장두철 시인이었다. 2대째 53년 간 상주시군민의 건강을 보살폈던 탐구하고 누구보다도 상주 시·군민을 사랑했던 그가 뜻하지 않은 사고로 유명을 달리하기 이전까지 '상주문협' 의 발전적 미래로의 도약에 온힘을 다하고 유명을 달리하였다. 박찬선 시인의 회고담인 상주 고향 신문에 게재한 '상주문학과 장두철 시인'이란 글에 의하면 2년이나 미루어진 창간호 경비로 인하여 책을 출간하지 못한 사실을 알고 출간비 반을 부담한 그의 공로는 이미 타계한 분이지만 상주문협의 태동에 이루 말하라 수 없는 공적을 장두철 시인은 은자의 선비 같은 마음으로 쾌히 베풀었다. 1988년 12월 1일에 간행된 《상주문학 2호》에는 장두철 시인에 대한 유고특집을 마련하여 마흔 여섯 해의 짧은 그러면서 너무나 슬픈 장두철 시인을 추모하는 글을 실어 상주문협 회원들의 눈시울을 시리게 하였었다. 삼가 그 분의 명복을 다시 한 번 애도의 마음으로 빌어본다.

그 분 장두철 시인의 유고 시에서 나는 「박제」란 시를 통하여 그 시인의 아픔과 시적 에스프리를 더듬는다.

박제

–장두철

나는 박제가 되어
내 직업의 테두리 안에서
움직이지 않고 있다
나의 육신이 확고한 자세로
남아 있듯이
나의 자유로운 영혼을
박제가 애착과 유혹의 눈짓으로
나를 생각하게 한다

그렇게 젊은 몸을 운명에 내던진 장두철 시인은 느닷없이 우리가 슬퍼한 겨를도 없이 우리 곁은 떠났다. 너무나 아까운 상주의 젊은 분이 이승을 떠나갔다.

장두철 시인과 더불어 안타깝게, 창간호에 게재한, 그 분의 시에 대한 우리들 생각을 배반하고(?!) 그 시대의 고통스러움을 노래한 이창화 시인 역시 그렇게 덧없이 이 땅에서 운명하셨다. 이러한 우유곡절 끝에 《상주문학》이 탄생되었다.

상주문협이 2002년 8월 3, 4일에 거쳐 경천대에서 거행한 제1회 '낙강시제'는 범상주를 뛰어넘은 전국적 문학 축제로 연륜을 차곡차곡 쌓아 어언 과거 1196년 백운 이규보의 시회로부터 1862년 류주목의 시회에 이르기까지 666년 간 51회의 시회에다 그 전통을 이어서 이제는 이순을 넘긴 전국적 시회로 장족의 발전을 해왔다. 추로지향(鄒魯之鄕)이라 예로부터 인구에 회자한 선비의 고장인 상주문협에서는 매년 유서 깊은 도남서원(道南書院)에서 1622년부터 실시된 상주 선비들의 낙강시회(洛江詩會)가 171년간이나 지속되어 임술범월록(壬戌泛月錄)을 남긴 그 시대 선비정신의 전통을 되살리는 '낙강시제(洛江詩祭)'를 거행하여 범상주를 뛰어넘은 수많은 전국 문학인의 축제마당을 열어오고 있다.

제1회 '낙강시제'가 개최되었던 2002년 8월 3일 도내 문협회원들과 일반인 160여 명이 참가하여 백일장과 문학강연(권태을 교수, 상주 낙강시회)의 특성에 이어 문학현장답사로 첫 행사를 뜻 깊게 마쳤다. 백일장의 당선작품과 강연원고는 그 해에 발간된 《경북문단 제13호》에 특집으로 실었다. 그날의 박찬선 경북문협 지회장의 대회사를 그대로 옮겨본다.

나는 당신을 그려낼 수 없습니다
천의 말, 만의 말로도

빛나는 봄의 빛깔로도
그려낼 수 없습니다
하지만 당신은
한 알의 모래로
한 톨의 곡식으로도 옵니다
잠시 불어 넘는 흔적 없는 바람
바람 속의 잎으로도 옵니다

저의 상주 연작시 중의 하나입니다. 상주에 살면서 느끼고 있는 개인적인 문학적 체험과 발상은 늘 허기져 있는 상태입니다. 마냥 모자람에서 오는 고통을 감내해야 하는 형편입니다. 눈을 크게 뜨고 선인들의 자취와 역사를 볼 량이면 더욱 그러한 생각이 듭니다. 이번 낙강시회 재현을 위한 제1회 낙강시제 행사는 이 땅 옛 선비들의 호방한 기상과 풍류, 글(시)사랑의 정신을 이어받고 발전시켜 보고픈 생각에서 비롯되었습니다. 그 당시 시회에 참여했던 분들은 영남의 선비이자 조선의 선비들이었습니다. 시공을 달리한 격세지감은 있으나 분명 우리에게는 선인들의 고결한 정신과 자연과 조화를 이룬 고상한 멋이 맥맥이 이어지고 있음을 실가하게 됩니다. 우리는 오늘 정기룡 장군의 전설과 충신연주지사인 채득기의 봉산곡 (천대별곡의 현장인 경천대). 오현(五賢) 정몽주, 김굉필, 정여창, 이언적, 이황에 뒤이어 노수신, 류성룡, 정경세 선생을 향사한 영남의 수서원인 도남서원, 그리고 불우헌 정극인, 면앙정 송순, 송강 정철의 가사문학을 잇는 이재 조우인의 매호별곡의 현장을 둘러보게 됩니다. 우리는 이 현장을 통해서 낙동강이 문학과 학문, 종교와 전설, 산업과 교통에 크게 이바지 하고 있는 영남의 젖줄이자 숨결임을 실감하게 될 것입니다. 무엇보다 강(자연)과 문학이라는 변함없는 주제를 다시 새겨보는 기회가 되었으면 하는 바람입니다.

문학을 사랑하는 동호인 여러분! 작금 문학의 위기와 문학의 쇠퇴를 걱정하는 소리를 자주 듣습니다. 이런 때일수록 한국문학사에 큰 획을 그었던 이 지역 출신 선인들을 생각하고 다시 신들메를 맵시다. 이제 다시 태산준령(泰山峻嶺)으로 비유되는 영남인의 기질을 살려 경북문학 중흥의 계기를 삼도록 합시다. 아울러 경북문인들의 단합과 결속을 다지고 우애를 돈독히 하는 즐거운 시간, 좋은 작품을 빚는 뜻 깊은 자리가 되기를 기원 드립니다.

끝으로 이번 행사가 개최될 수 있도록 물꼬를 터주신 한국문화예술진흥원과 이의근 경상북도지사님, 각별한 사랑으로 성원을 주신 김근수 상주시장님께 감사를 드리면서 대회사를 가름합니다. (박찬선 시인의 '상주문화와 그 주변 6, 낙강시회[洛江詩會], 낙강시제[洛江詩祭]로 재현' 에서 인용)

그 이후 상주문협은 그 기관지인 《상주문학》을 27번째 속간하게 되었고, 고려·조선시대에 뛰어난 선비들과 문인들의 전통을 이어받고, 일찍이 5, 60년대에 이 땅에 동시의 마을이라는 전국적 칭송을 받았던 그 명성이 아름답게 어우러져 오늘에 이르렀다.

2015 한국문인협회상주지부 사업 추진 내용 

일시	사업명	운영내용	장소	참석	비고
1.26.	1월 월례회	· 2015 연간 계획 협의 · 2015 문협 보조금 신청 현황 · 2015 월례회 운영 방안 · 2015 신년 하례	갈비마트	15	
2. 7.	2015 경북문협 정기총회	· 2014 결산 승인의 건 · 2015 예산(안) 및 사업 승인의 건 · 임원 선거(지회장 · 부지회장 무투표 당선) · 당선증 교부	김천과학대학교	1	
2.12.	상주예총 총회	· 2015 연간 사업계획 전달 · 2015 신년 하례	상주문화회관 회의실	1	
2.16.	상주아동문학회 월례회	· 2015 상주시청 보조금 신청 · 2015 운영 계획 협의 · 회원 작품 합평	나성식당	6	
2.24.	2월 월례회	· 계간아세아문학 작품 송부 협의 · 2015 벚꽃시화전 개최 협의 - 1인 3편 이내, 3월 15일까지 제출 · 작품 합평	갈비마트	9	
3.19.	장원달 회원님 작고	· 상주적십자병원 장례식장 회원 조문	상주적십자병원	13	
3.21.	2015 경북문협 제1차 이사회	· 임원 위촉장 · 임명장 수여, 상견례, 인준 · 경북문협 카페, 편집위원회, 임원선거관리 운영규정 · 경북문학상 운영규정 · 2015 예산보고	칠곡상공회의소	2	
3.23.	상주아동문학회 월례회	· 2015 본회 계획 안내 · 회원 작품 합평	나성식당	5	
3.28.	제5회 벚꽃시화전 오픈	· 2015. 3. 28. 북천교 옆 · 간단한 개회식 및 인사, 축사 진행 · 다과를 겸한 담소, 시화 감상	북천	14	
3.30.	3월 월례회	· 이옥금 회원 등단 기념패 전달 · 제6회 벚꽃시화전 결과 반성 · 2015 상주예술제 추진 계획 안내 · 정복태 고문 출판기념회 안내	갈비마트	12	
4.27.	4월 월례회	· 2015 상주예술제 세부 추진 계획 안내 · 작품 합평	갈비마트	9	

일시	사업명	운영내용	장소	참석	비고
4.29.	본회 정복태 고문 소설집 출판기념회	· 내빈 소개, 저자 소개, 축사 · 기념패 및 화환 전달 · 저자의 작품세계 강연 · 저자 인사, 기념 촬영, 뒤풀이	갈비마트	9	※참가대상 -초, 중, 고, 일반
5. 9.	상주예술제 시낭송 및 한글백일장	· 제20회 시낭송대회 개최 · 제19회 한글백일장 개최 - 중덕지자연생태공원에서 두 행사를 동시에 진행함 - 당일 심사 완료함	중덕지자연 생태공원	12 113	
5.11.	상주아동문학회 월례회	· 회원 작품 합평 · 김재수 회장님 100인 시선집 배부	나성식당	5	
5.15.	정기룡장군탄신 백일장 협의회	· 참가자수 확대 방안 · 당일 일정 및 안전지도 협의	굴마을 낙지촌	2	
5.18.	낙강시제 예산 관련 협의	· 상주시의회 낙강시제 예산관련 본회 대책 협의	가미	5	
5.26.	정기룡장군탄신기념 백일장 개최	· 사벌면 충의사에서 백일장 개최 · 당일 접수, 백일장, 심사 완료함	충의사	10 105	※참가대상 -초, 중, 고
5.26.	5월 월례회	· 2015 상주예술제 및 정기룡장군탄신기념백일장 행사 결과 분석 · 2015 낙강시제 예산 시의회 부결에 따른 대처 방안 협의 · 6월 문학기행 협의 · 박정우 회장 동시집 출판기념회 협의 · 본회 월례회 개최 날짜 변경(6월부터)	죠이통통구이	9	
6.15.	6월 월례회	· 본회 월례회를 날짜 변경하여 실시 · 상주시각장애인 대상 자서전쓰기 요강 안내 및 강사 선정 - 경북점자도서관 주최 · 본회 문학기행에 대한 협의 - 메르스로 인한 7월로 연기함 - 상주관내 타 문학단체와 협의하여 희망하는 단체와 함께 실시하자고 함 · 김다솜 사무국장 등단 축하 및 낭송 · 회원 작품 합평	남경생오리	12	※당일 저녁식사대는 김다솜 사무국장이 해결
6.22.	상주아동문학회 월례회	· 5월 월례회 결과 전달 · 신입회원 가입에 적극 노력하자 · 회원 작품 합평 및 좋은 동시 낭송	나성식당	4	
7. 3.	경북 100인 시화전	· 2015 경북 100인 시화전 참석 · 본회 및 경북 시인 시화 참관	칠곡문화회관	2	

일시	사업명	운영내용	장소	참석	비고
7.15.	제53회 경북글짓기교과교육연구회 하계연수회	· 학교현장의 시 쓰기 지도 사례 · 시 낭송 교육 어떻게 할 것인가? · 경북어린이백일장 개최 방안	상주관광호텔	3	
7.17.	상주문학단체장 협의회(제1차)	· 각 문학단체별로 회동 목적 협의 · 각 문학단체별 연중 활동 협의 · 문학단체협의회의 가벼운 운영 · 기타 협의	갈비마트	7	
7.20.	7월 월례회	· 상주 문학단체장 협의 결과 안내 · 상주이야기축제 중 문협이 할 일 협의 · 박정우 회장 동시집 출판기념회 안내 · 동학혁명기념 작품집 원고 모집 안내 · 김다솜 사무국장 등단 기념패 증정 · 작품 합평	토담미	12	
7.31.	본회 박정우 회장 동시집 출판기념회	· 축하공연, 내빈소개, 저자소개, 축사 · 기념패 및 화환 전달, 축하 시낭송 · 저자의 작품세계 강연 · 배경그림 그린 어린이 및 지도교사 소개 · 저자 인사, 기념 촬영, 뒤풀이	경상북도립 상주도서관	14	※ 전체 120여 명 참석
8. 1.	문학탐방	· 참여자: 김종상, 박두순, 박찬선, 박정우, 정재혁 · 상주 시내 '도림사' 정 탐방 · 외남면 표지석, 김종상 시비, 외남곶감타운 탐방	도림사 외남면 일대	5	
8.17.	8월 월례회	· 상주 문학단체장 협의회 개최 8-9월 중 · 본회 창립 30주년 기념행사 협의 · 2015 낙강시제 문학페스티벌 예산 확보 과정 설명 - 어려움이 많음 · '상주문학 27집' 편집 방안 협의 · 故장원달 시인 유고시집 발간 협의 · 민병덕 시인 등단 기념패 증정 · 작품 합평	갈비마트	12	
8.21.-8.22.	제54회 한국문학 심포지엄	· 주제: '지리산과 남명 조식' · 3명의 문인이 주제 발표를 함 · 본회 박찬선 고문이 좌장을 맡아 진행함	경남 산청군 덕산중고등학교	3	
8.27.	상주동학농민혁명기념시집 출판기념 및 시낭송회	· 상주 왕산공원에서 개최 · 웹진 문학마실 주최 · 본회 회원 시 작품 다수 참여 · 시낭송 및 퍼포먼스, 강연 행사	왕산공원	6	

일시	사업명	운영내용	장소	참석	비고
8.31.	상주아동문학회 월례회	· '푸른잔디' 발간을 위한 작품 제출 · 회원 작품 합평	나성식당	4	
9.11.-12.	제1회 상주동학축제 참여	· 주제: 생명 · 인간 · 평화 존중 · 동학문화 체험교실, 동학테마 미로 찾기 · 동학복식 페스티벌, 동학 연극, 동학가사 낭송회, 동학아리랑 소리 공연, 동학 심포지엄, 박찬선 소모일기와 토비대략으로 본 상주문학 동학을 주제로 한 시화전 등	상주동학교당	9	
9.12.	제7회 세계동시문학상 수상	· 본회 박정우 회장 수상 · 사단법인 한국아동문예작가회 시상	서울 도봉구민회관	1	
9.17.	2015 한국예총예술문화공로상	· 문학 부문 본회 박찬선 고문 수상 · 한국예술문화단체총연합회 시상	전주시 르윈호텔	1	
9.21.	9월 월례회	· 상주 문학단체 회장단 협의 계획 · '경북문단 제32호' 원고 청탁, 회비 납부, 문학상 추천 · '2015 낙강시제' 추진 방안 · '상주문학 제27집' 편집 방안 - 별도 계획	꾸이꾸이 식당	14	
7. 7.-9.22.	자서전 쓰기 교실 운영	· 상주시각장애인 4명 대상으로 지도 · 개인별 자서전 쓰기 · 경상북도점자도서관 주관	상주시각장애인협회 사무실	1	※김재수 고문 지도
9.23.	상주문학단체장 협의회	· 상주의 문학 현실 토의 · 상주의 문학 발전 방안 논의 · 협의회는 가볍게 조직해서 매년 차근차근 1-2개씩 추진하자	토담미	7	
9.25.	2015 상주 낙강시제 문학페스티벌 1차 협의	· 낙강시제 행사의 역사성, 행사적 가치 · 예산이 늦게 통과되어 추진에 애로 있음 · 개최시기, 개최장소, 일정에 따른 행사 내용 협의	상주시청 문화융성과	2	
10.10.-10.11.	제35차 전국대표자대회	· 제1회 전영택 문학상 시상 · 공로상, 전국 우수지부상, 우수지회상 · 문학 강연, 문학지 콘테스트상, 문학기행, 박찬선 참가	제천시 청풍레이크 리조트호텔	1	
10.11.-10.14.	2015 경북문인 글과 그림전	· 2015 경북예술제 일환으로 개최 · 경북문인들의 글과 그림 전시회 개최	문경문화 예술회관	4	
10.27.	10월 월례회	· 상주문학단체장 협의회 결과 전달	갈비마트	14	

일시	사업명	운영내용	장소	참석	비고
		· 2015 낙강시제문학페스티벌 행사 계획 · '상주문학 제27집' 편집 계획 및 원고 마감 · 권형하 회원 시집 발간, 정재훈 회원 가입			
10.30.	시의 날 기념 '제3회 시낭송 콘서트'	· 상주시낭송회 주관, 회원 시 낭송 · 시노래, 무용, 연극 공연 · '상주 시낭송회' 소개	자연드림 3층 공연장	6	
11. 9.	2015 상주 낙강시제 문학페스티벌 2차 협의	· 행사 운영 프로그램 및 일정 협의 · 실내체육관 행사장 구성 결정 · 각 프로그램별 세부 추진 계획 협의 · 무대 예술 공연 및 문학 강연 방법 협의 · 당일 안전사고 방지책 및 행사 홍보	상주시청 문화 융성과	3	
11.13.	2015 제16집 숲문학 출판기념회	· 기악 공연, 인사, 축사 · 회원 자작시 낭송 · 문학 특강: 상주 시민을 위한 두 개의 문학 이야기(단국대 박덕규 교수)	상주시 산림조합 강당	10	
11.14.	제24대 2015 제3차 이사회	· 전 회의록 낭독 · 신입회원 인준 · 경북문협 정관 일부 개정(안) · 경북문협 임원선거관리규정 일부 개정(안) · 경북문협 공로상 수여의 건	영주시 풍기읍 영주축협 한우 프라자	1	
11.16.	상주문학 24, 25, 26집 광고협찬자 석식	· 3년 간 광고 협찬하신 분 저녁식사 초대 · 고마움의 표시 전달	청기와 숯불가든	16	
11.18.	2015 상주 낙강시제 문학페스티벌	· 시노래 중심 예술 공연 - 시민 대상, 노래, 시낭송 및 시 퍼포먼스 · 제4회 전국 청소년 낙강백일장 개최 · '2015 낙동강' 시선집 발간 - 전국 시인 대상, 강과 물의 시 · '문학 강연' 강희근 시인 초청 · 시선집의 시 시화전	상주시 실내체육관	14	
11.20.	느티나무시 동인 출판기념회	· 인사, 축사, 작품평 · 제12집 '그 길엔 맥이 산다' 시 낭송	갈비마트	8	
11.21.	2015 세계시문학상 시상식	· 본회 민병덕 시인이 '문학세계'가 수여하는 '세계시문학상'을 수상함 · 수상 시: '겨울나무' 외 4편의 시	서울 성동구청	3	
11.27.	들문학 출판기념회	· 인사, 축사, 시노래 공연 · '들문학 제21집' 출판기념 시 낭송 등	개운궁	6	

일시	사업명	운영내용	장소	참석	비고
11.28.	2015 리토피아 시 부문 신인상 수상	· 본회 사무국장 김다솜 시 인 수상 · 작품 두(䜌) 외 9편 · 계간 문예지 '리토피아' 시부문 신인상 수상	인천광역시 C&K웨딩 컨벤션	3	
11.30.	11월 월례회	· '상주문학 27집' 출판기념회 협의 · 2015 정기총회 및 문학기행 협의 · 2015 낙강시제문학페스티벌 행사 반성 · 2015 12월 정기총회 사전 협의	갈비마트	13	
12. 4.	2015 전국 청소년 낙강백일장 시상식	· 대상: 전국 초, 중, 고등학생 · 주제: 강과 물 · 시상: 대상, 장원, 차상, 차하, 장려	상주문화회관 소강당	37	
12. 5.	2015 제1회 경북 작가상 시상식	· 본회 정복태 소설가가 '경북문협' 이 수여하는 '제1회 경북작가상' 을 수상함 · 수상 소설집: '강물이 흘러가는 곳'	왜관 리베라 웨딩홀	4	
12. 8.	상주아동문학회 월례회	· 한해 본회 운영 반성 및 평가 · 2016 본회 운영 방안 모색 · 회원 작품 합평 · '푸른잔디 제61호' 출판기념회 개최	나성식당	6	
12.12. ~12.13	상주예총 워크숍	· 2015년도 운영 내용 평가 및 반성 · 2016년도 운영 방향 협의	경천대 회타운	3	
3. 2.- 12.15.	문학과 창작 과정 교실 운영	· 경상북도립상주도서관 평생교육 강좌 · 문학 창작에 대한 강의와 수강	경상북도립 상주도서관	1	※박찬선 고문님 강의
12.16.	상주문학 제27집 출판기념회	· 식전, 식후 공연 · 인사말, 축사, 격려사 · 시낭송 및 시 퍼포먼스 · 문학 강연 및 질의응답 · 뒤풀이	경상북도립 상주도서관	120	
12. 14 ~12.20	2015 상주예술인 초대전	· 상주예술인의 밤 행사 · 한국예술인총연합회상주지회 7개 단체 참가 · 시화, 미술, 사진 작품 전시회 개최 · 음악, 연극 공연 · 각 지부 소개 및 연간 활동 내용 홍보 · 2015 송년회 및 2016 신년 계획 안내	상주생활 문화센터	10	
12.28.	12월 월례회 및 정기총회	· 2015년도 평가 및 반성 · 2016년도 계획 수립 · 임원 개선 및 회칙 수정 보완	갈비마트	16	

상주문협 회원 주소록

이름	주소 및 연락처	분과
고인선	문경시 홍덕동 225-27번지 전원다실 3층 010-3006-9281 kis3149@hanmail.net	시
권태을	경남 창녕군 창녕읍 말흘1길 9번지 010-8592-8635	수필
권형하	경북 포항시 북구 우창동로 157 우현금호어울림 A 101/404 010-3726-1083 badaro7@hanmail.net	시조
김동수	상주시 냉림동 냉림드림뷰 103동 902호 010-6516-2006 cjtsns0416@naver.com	시
김미양	상주시 함창읍 오동리 606 010-5191-8945 meinme8945@hanmail.net	동시
김선희	상주시 외남면 소은2리 255 010-8401-0727 sn9194@daum.net	시
김숙자	상주시 함창읍 오사리 211 010-9541-6598 dkll2004@hanmail.net	시조
김연복	상주시 낙양동 171-3 대림아크로빌 1203호 010-4910-6570 ybkm1228@hanmail.net	영시
김영숙	상주시 화서면 달천리 233 010-8582-9738 kimsk9738@hanmail.net	시
김다솜	상주시 낙양동 171-5 녹원빌라 A/302 010-3021-0065 altari1222@hanmail.net	시
김재수	상주시 신봉동 293 010-9450-5558 khsal1145@hanmail.net	동시
김철희	상주시 영남제1로 리더스파크골드 202동 902호 010-6505-1500 simin8700@hanmail.net	수필
민주목	상주시 남성동 15-5 드림뷰아파트 101/501 010-2324-1523	시조
박두순	서울시 서대문구 홍제3동 문화촌 현대A 102/1009 010-8224-8548 21mhmh@hanmail.net	시
박순혜	상주시 인봉동 늘푸른타운 402호 016-9460-3357 dkh7001@hanmail.net	수필
박영애	상주시 복룡동 우방A 108/503 010-5467-8543 happy1760@nate.com	수필
박정우	상주시 남원2길 42-40 010-8581-0179 pjw1089@hanmail.net	동시
박찬선	상주시 만산동 631 010-3534-8971 sun631@paran.com	시
박창수	상주시 신봉동 4길 9 010-3807-4547 park4547@hanmail.net	시
신동한	상주시 함창읍 구향리 166-27 010-4530-3269 sdh326@naver.com	시

이름	주소 및 연락처	분과
오세춘	상주시 상서문2길 114-11, 대림 무지개 타운 503호 010-4419-0729 osc56@hanmail.net	시
오정석	상주시 계산동 성신여자중학교 010-9038-7250 sukcross3416@hanmail.net	수필
육경숙	상주시 무양동 동보아파트 106/302 010-3554-3912 sky3912@empal.com	동시
윤종운	상주시 낙양동 145-1 낙양경희아파트 101/1509 010-2532-5232 yjw80008@hanmail.net	시
윤철순	상주시 무양동 185 진주맨션 다/102 010-9869-1478	시
이미령	상주시 남성3길 34번지 J타운 303호 010-2862-1233 ryeong1233@hanmail.net	시
이미숙	상주시 무양동 무양안길 17번지 리치펠리스 503호 010-6687-8182 nwt010@naver.com	수필
이승진	상주시 천봉서로 82-22, 106호(연원동) 010-3456-0676 snonggu@gy06.net	시
이옥금	상주시 중동면 간상1길 22 010-9353-9515 gold9515@naver.com	시
이은정	상주시 서문동 144-3 010-8592-8867 ejlee-67@hanmail.net	시
이창모	상주시 무양동 동보A 102/505 010-6577-2690 lcm5312@hanmail.net	동시
이창한	상주시 개운동 605-12 010-5535-4411 saman01@hanmail.net	시
임희주	상주시 은척면 봉중리 010-4412-8485 heeju8485@yahoo.co.kr	동시
정복태	상주시 동수로 36-1 010-4815-3056 jungbok3056@naver.com	소설
정재훈	상주시 계산4길 21 010-8736-6766 sangju2002@hanmail.net	시
정정희	예천군 풍양면 상풍로 1377(낙상리) 010-2308-6001 kijisibi@hanmail.net	시
조재학	상주시 냉림동 178-11 010-3342-5461 jaek5621@hanmail.net	시
표순열	상주시 서곡2길 23 새벽교회 010-8633-9761 a815b900@hanmail.net	시
함창호	상주시 왕산로 86, 이원시티빌 101/502 010-6484-6899 ch3ham@daum.net	시
황화숙	상주시 낙양동 6-20 상주동부곶감 011-9367-1475 hwanggoggam@hanmail.net	수필

■ 장원달 시인님의 유고특집 시를 정리하다가 '건강'이 최고라는 것을 알았다. 아내와 다정하게 손잡고 다니시는 그분의 모습이 아지랑이처럼 아롱거리다 사라진다. 불편한 팔로 끝까지 시 정신을 놓지 않고 습작을 하신 메모를 보면서 눈시울을 붉히기도 했었다. 몸이 불편하면 모든 것을 내려놓아야 하는 데 뭔가 붙잡고 좀 더 편안한 마음으로 살고 싶어 남겨 놓은 시(詩), 아름다운 꽃송이 그늘 아래 쓰레기 냄새 가득한 이 사바세계(娑婆世界) 더 머물다 가시려고 혈액투석을 해야 하는 고통의 기다림, 먼 길을 떠난 사람은 누구든지 다시 만날 수 없다. 사랑하는 아내 곁에서 좀 더 살다 갔으면 하는 메모, 계절이 오면 가듯 다양한 시를 남기고 천국으로 가셨다. 장원달 시인님, 편안한 곳에서 보석 같은 그녀를 다독다독 잘 보듬어 주시리라 믿습니다. 시를 읽고, 시를 쓰고, 일을 하고, 살림을 하고, 독서를 하던 나는, 이것저것 참 많이 배운 한해를 보내려니 속눈썹이 파르르 떨린다. (솜)

■ 본회가 창립된 지 서른 돌이 지나간다. 강산이 세 번이나 변할 수 있는 오랜 세월이다. 창립 멤버 중 대다수가 고령이거나 이미 작고하거나 외지로 떠난 회원도 많이 있다. '사람의 삶을 어느 한 곳에서만 살아라' 하고 '나이를 더 먹지 않고 그대로 정지해 있다'면 너무 재미가 없을 것 같다. 이사도 오가고 나이도 한 살 한 살 많아지는 과정에

서 문학에 대한 관심과 열정이 새록새록 돋아날 것 같다. 세월이 빠르게 변하는 데 상주문학도 참 많이 변했다. 회장님 '발간사' 나 정복태 회원님의 '상주문협 창립 30주년을 맞이하는 감회' 를 읽어보면 대충 짐작이 간다. 그리고 세월이 갈수록 회원수도, 작품질도, 문학 행사도 향상될 것을 기대해 본다. (우)

■ 늦은 가을비가 첫눈으로 이어졌다. 상주문학도 올해로 약관의 나이를 훌쩍 뛰어넘어 스물일곱 번째의 생일을 맞이하게 되었다. 장원달 시인에 대한 그리움으로 시작하여 상주문인들, 낙강시제에 참여한 시인들, 또한 문학을 꿈꾸는 학생들의 작품으로 세상을 바라보았다. 가끔은 빈 배가 되고 흰 구름이 되어 걷고 싶다. (수)

尙州文學 제27집 · 2015

발행처 · 한국문인협회상주지부
발행인 · 박정우
제작처 · 도서출판 청어

1판 1쇄 인쇄 2015년 12월 5일
1판 1쇄 발행 2015년 12월 15일

주소 · 서울특별시 서초구 효령로55길 45-8
대표전화 · 586-0477
팩시밀리 · 586-0478

홈페이지 · www.chungeobook.com
E-mail · ppi20@hanmail.net

ISBN · 979-11-5860-384-7 (04810)
979-11-85482-74-3 (세트)

이 책은 2015년도 경상북도 문예진흥기금과 상주시 사회단체 보조금을 지원 받아 출간하였습니다.